桃太郎のユーウツ

玄侑宗久

朝日新聞出版

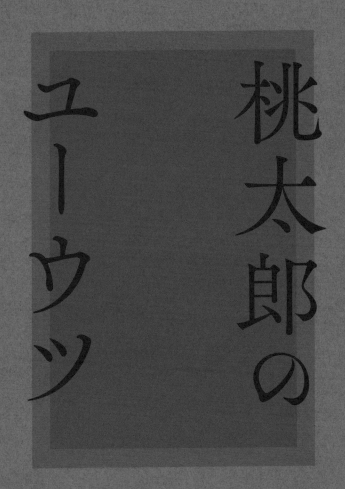

桃太郎のユーウツ　目次

カバー絵　河鍋暁斎筆「鬼の念仏」
河鍋暁斎記念美術館蔵
装幀　田中久子

桃太郎のユーウツ

セロファン

看護師だった母が四十歳でガンで亡くなったとき、私はまだ十歳だった。母はシングルマザーだったから、私はその日から独りぼっちになった。

通夜にはいとこやはとこたちが大勢来て、みな私の遊び相手になろうとした。同年代の子たちとは体をぶつけあったり手を握りあったり、母の弟などは私を肩車し、まるで運動会のように会場内を走ったりもした。

もともと明るい人々ではあったが、その日は異常だったと思う。お経を終えて食事を始めた和尚さんが、目を丸くしていたのを憶いだす。きっと皆、私が一度も泣いていないことに妙に感心し、自分たちも見習わなくてはとでも思ったのだろう。義理の叔母に言われ、私は和尚さんにもビールを注ぎに行った。和尚さんはコップを両手で支え、少しだけ受けてから、「泣いてもいいんだよ」と小声で言った。

児童館の先生が遅れて二人やってきて、焼香するなり私に駆け寄って抱きしめた。その時はさすがに胸の底がうずくような気がした。祖母や母の年代の二人が両側から私を抱き、肩をふるわせて泣いた。しかし私はその間じゅう、ずっと無表情のままだったと、何年も経ってから祖母の妹に言われた。

翌朝私は高熱を出し、葬祭場から母が出棺になるまえに、救急車で病院に運ばれた。病院での処置はすぐに終わり、一緒に来てくれた祖母の妹はそのままタクシーで火葬場まで私を連れて行ってくれた。「あなたがどうしても行きたいって言ったのよ」。彼女はそう言うのだが、私には覚えがない。あれから十二年経った今、私には病院に行った前後のことが全く憶いだせないのだった。

気がつくと私は母の棺の前にいた。母の顔が見えずに背伸びしていたら、母の一人きりの弟である叔父が抱き上げてくれた。

お気に入りの小豆色のドレスに包まれ、化粧して髪飾りまで付けてもらった母は、おめかししたときと変わらなかった。その顔は花に囲まれ、胸元には私が母の日に学校で書いた作文、そして母が忙しい合間に作っていた未完の籐細工の鞄が入れてあった。死んだ母の顔は、たまの休日に籐細工をするときみたいに優しげだった。

焼香の煙が漂う明るいホールの中央で、私はふいに母の棺の蓋のセロファンに目をとめた。お別れのためにずらした蓋の顔の部分で、窓に貼られたセロファンが天井の光を反射して煌めいていた。

炎がどこからどんなふうに出るのかは知らない。けれど真っ先に燃えるのは間違いなくあのセロファンだ。溶け落ちた熱いセロファンが母の顔に貼り付く……。私は叔父に抱かれたまま振り向き、「あのセロファン、取って」と頼んだ。困った叔父は私を床に下ろし、すでに焼香を終えて並ぶ親族のほうに行って相談していた。火葬場の職員たちも寄っていき、ほどなく全員が棺の横に立っている私のほうを向いた。

このときの人々の顔の印象は、今でも何と言ったらいいのか分からない。とにかく空気がバラバラで斑《まだら》だった。叔父、祖父母、その兄弟姉妹と子供や孫たち、そして母の仲間の看護師たちもいたけれど、同情や承認の表情もあれば、苛立ちや怒りも感じられた。子供の私には叫ぶしか対処のしようがなかったのだ。

「セロファン、嫌だ。取ってぇ〜〜〜」

声は驚くほど大きく建物中に反響した。私はせめてその場の空気が均一になってくれることを望み、何度も必死に叫んだ気がする。

お経を終え、黙って見ていた和尚さんが突然棺の横に立ち、手刀で何度かセロファンを突いた挙げ句、鈍い音をたてて窓を突き破った。和尚さんは私を見て笑いかけた。なぜか泣きたい気分になったけれど、それでも私は泣けなかった。

それからの私は、祖父母の家で叔父夫婦の子供として何不自由なく育った。母は無理をしてでも年に一度、必ずディズニーランドに連れて行ってくれたものだが、祖父母はそれも踏襲した。叔父夫婦には私より少し年上の男の子と女の子がいたのだが、私は二人とも仲良くしたし、叔父夫婦も私を差別するようなことは一切なかった。私は大学も卒業させてもらい、両親がいないことを殆んど不足とも感じないでごくごく普通の娘に育ったのである。

三日前に祖母が死に、東京から駆けつけると棺の蓋にはやはりセロファンが貼られていた。今、火葬場のホールであの時と同じようにセロファンは煌めくのだが、私は何も言わず合掌してお別れした。炉に入っていく棺を見送りながら、私は皺のよった祖母の顔が溶け落ちたセロファンに包まれる瞬間を溢れる涙のなかに思い描いた。

聖夜

お寺での葬儀を終え、久しぶりにN温泉に行こうと言いだしたのは玄堂である。二日葬儀が続き、またお歳暮の対処などで絵里子もかなり疲れていたらしく、すぐに同意して準備にかかった。準備といっても着替えとタオル、それにおそらく化粧水などを専用の手提げ袋に入れるだけだから、二、三分か。温泉は七時半までに五百円を払って受付を済ませればよく、八時に閉館になる。今日はすこし余裕があるから、たぶん七時まえには到着できるだろう。

受付にはなんとなくたどたどしい言葉を話す男性ともう一人、必ず誰か女性がいる。前回は到着が七時三十二分だったのだが、男性のほうは「とにかく規則だから」というような前置きもなく、「もう、駄、目」と呟いた。しかし七十前後と思《おぼ》しき恰幅のいいおばちゃんが壁の時計を見上げ、「八時までに上がってくれればいいですよ」と執りなしてくれたのである。

そんな状況でも絵里子は平気で五分遅れて上がってきた。いや、平気ではないのだろうが、せっかく車で三十分もかけて来たのだし、もう少し、という欲求に勝てないのだろう。たしかにN温泉のお湯はじわじわと染み入るように温まる。少しでも長く入っていたい気持ちは玄堂にもわかる。それでも玄堂とすれば、受付の男性が真っ正直に覚え込んだルールをできれば乱したくない。お寺の所在を知っているらしいおばちゃんの温情にも縋りたくはなかった。

　まだ六時を少し回ったばかりだし、くねくねした田舎道を今日はそれほど飛ばさずに走れる。玄堂は二階から階下の洗面所に移った絵里子の足音を追いながら池側の窓に鍵をかけ、カーテンを閉めた。


N温泉を発見したのは、この秋のドライブ中のことだ。ドライブという懐かしい言葉を憶いだしたのもその時で、そういえば学生時代など、免許取りたての友達がよく「ドライブ」に誘ってくれたものだが、最近はそんな目的のない運転は誰もしないのか、少なくとも大っぴらには使わない言葉になった。

　しかし震災と原発事故以後、玄堂はむしろ近隣の行ったことのない町や村によく「ドライブ」するようになった。いや、震災や原発事故というより、昨年から始まった本堂の普請という事情が大きいのかもしれない。常に職人たちが出入りし、また御寄付が届く。領収証の郵送事務もあるが、檀家さんが直接寄付金を持参してくださることもあるから、以前のように二人で一泊で出かけることも最近はなくなった。その代わり、つかのまの近所の探検のようなドライブを始めたのである。

　九十歳になる先住職の父が介護と医療を兼ねた施設に入り、まもなく七年になる。母は頭も口もはっきりしたものだが、足腰が弱って奥の部屋からなかなか出て来られない。だからお手伝いの神田さんが来てくれているようなとき、絵里子の携帯にお寺の電話を転送し、二人は二、三時間ほどドライブするのである。

最初のときは稲刈りの季節に斑《まだら》に紅葉した滝桜を見に行き、そこからひたすら南のほうへ行ってみた。「こんな所に名水があるんだ」「この神社、ずいぶん立派ねぇ」「ああ、ここであの歌舞伎をするんだ。名前だけは聞いてたけど、ここでするのね」。車から降りて湧き出る水を口に含み、誰もいない神社への石段を登って社《やしろ》の中を覗き込み、古い歌舞伎舞台の前を歩きまわったりする。近所でも行ったことのない場所はいくらでもある。お互い六十年ちかく生きてくると、そう思うだけでなんとなく豊かな気分になれた。

廉《やす》く買いたたかれる福島の米の実りは切なくもあったが、それでもミレーの絵のような黄金色の田園風景は、それだけで人間の美しい営みを想わせた。

たしか二度目のドライブのとき、今度は東に行こうと、これまた行ったことのない小さな集落を過ぎ、日山《ひやま》という山の見事な形と紅葉に見惚れながら見つけたのがN温泉の大きな看板だった。その時はもっと先に行きたくてそのまま通り過ぎたのだが、まもなくピンクの旗が道の両側に現れ、「この先、通行止め」と書かれた看板の前で引き返した。ナヴィゲーターの画面を見ると、すぐ近くにホットスポットとして知られた山木屋地区があった。周囲にはダンプが停まり、大勢の作業員が除染作業をしていた。浪江に通じるこの道は、まだ除染が終わらないため通行止めなのだ。夕日に美しく映える雑木林を眺め、ピンクの旗の間を走りながら、絵里子は「山木屋って、こんなに近かったんだ」と驚きを隠さなかった。玄堂も戻り道で確認したが、お寺からN温泉までが約三十分、そこから山木屋までは十分もかからないだろう。

それからも何度かドライブはしたが、近頃はむしろN温泉目当てに暗くなってから出かけることが多くなった。来客が続いたりお葬式が済んだりするとふいに憶いだす。以前は絵里子が言いだすことが多かったが、最近は玄堂のほうから誘ってみる。ささやかといえばじつにささやかな愉しみに、嬉しそうに反応する絵里子の顔を見るのが嬉しかった。

外灯の光輪のなかを小雪が横切り、周囲はすっかり闇の中である。首をすくめて駐車場まで走り、車に乗り込むとすぐに発進した。

道には慣れてきたがいつも暗くなってから出かけるため、玄堂はどうしても深海を走るような気分になる。この時間は帰宅する車の列に前後を挟まれ、蛍光動物のような光が道を進むにつれて疎らに減っていく。僅かに輪郭だけを感じさせる山々が水中の巨大昆布のように黒くうねり、車の動きで見え隠れする家々の灯りが遠い水面の漁《いさ》り火にも見える。あるいはどこかで、海中だったら良かったとでも思っているのか……、玄堂はふいに自問した。

たしかに海の中ならば、余計な除染なども必要ない。全国的に見れば、極端に低い線量を目指す除染があちこちで行なわれ、今やそれはこの県内の風物詩のようなものだ。ドライブすればどこでも見かける光景だが、もはやそれは態のいい念入りな清掃と言っていい。この際だからと、頼む人々も頼まれる行政も、この作業にしか使えない膨大な金額に呆れながらも諦めている。伸びすぎた庭木の枝伐りや雨樋掃除も、線量に関係なく律儀に実施してもらわないと予算が消化できないのだ。玄堂は「ただいま除染中です」という看板をげんなり見遣りながらブレーキを踏み、センターラインを越えた車を慌てて戻した。

道が大小のカーブを重ね、踏切を通り過ぎると、次第に海の底深くへ入っていく感覚になる。ちゃらちゃらと点滅するイルミネーションもぐっと少なくなり、それどころか周囲に街灯の光さえ見えなくなる。なんとなくだんだらの空だと感じて見上げると、まだ加工自粛とされる「あんぽ柿」が暗い空に放置され、無数の炭団《たどん》みたいに浮かんでいた。

いつも助手席に坐るとまもなく眠ってしまう絵里子だが、急にはっきりした声で言った。

「あ、今日は満月なんだ」

見ると暗く大きな山の端から、黄色く溶けだした液体のような月が見えはじめた。

「ううん、満月よりちょっと欠けてるかな」

「……そうかなぁ」

絵里子は少し不満そうだったが、すぐに興味は他に移ったようで、手許をごそごそ動かす気配がした。

「はい、これ」

ややあってハンドルの手前に突き出されたのは、数房の蜜柑だった。「おぅ」と答えて受け取り、玄堂はそれを一遍に口に入れた。

「うわっ……」

「ほんとに冷たいね。さっすが、お寺の廊下だよね」

絵里子は一房ずつだがすぐに皆食べてしまい、冬場の保冷庫とも言える書院の廊下の寒さに今更に感心してみせた。そこに置いた餅は何ヶ月もカビ一つ生えず、ビールは常に冷蔵庫よりよく冷えた。

「だけど庫裡《くり》が新しくなったら、蜜柑もこんなには冷えなくなるよね」

「まぁ、……こんなにはね」

庫裡のガラス戸は当初の絵里子の希望と違い、棟梁の日本建築へのこだわりや予算のせいで二重サッシではなくなっていた。設計士の意図や棟梁の思いは納得したものの、大阪生まれの絵里子はまだどこかで本能のように暖かさを望んでいるのかもしれなかった。

「これ、食べる?」

次に差し出されたのは、ピーナッツだった。紙袋のなかでカサカサ音をたてながら器用に薄皮を剝《む》き、数個まとめて手渡す。

「これがタケシさんのピーナッツだよ。うん、……ああ、……旨いわ」

自分でも食べ、玄堂の分も剝きつつ独り言のように呟く。

「タケシさんって、……ああ、農芸館の」

「そ。……旨いよね、これ」

「旨い」

旨いのも確かだが、玄堂は絵里子が震災後、町の中で急に親しい人々を増やしたことに驚いている。一時は大阪の親族や友だちが戻ってくるよう促し、本人も二、三日迷ったようだが、その後は却って反動のように腰を据え、この土地の一員として被災地の物産展に参加したり、時には遠く関東や京都まで出張販売に同行したこともある。主体になった農芸館のメンバーのことは玄堂以上に詳しかった。タケシさんはそんな絵里子が豆好きなのを知っていて、震災後はいつも落花生ができると声をかけ、味見と称して無料で分けてくれるのだった。

二度、三度、数粒ずつ手渡されて豆を食べる。絵里子の荒れた手が、そのたびに玄堂の掌を刺激したが、そういえば絵里子は昨日まで、お葬式の合間にも大きなポリ樽に沢庵漬けを仕込んでいたのだった。

青みがかった山を眺めて絵里子はペットボトルの水を飲み、玄堂にも手渡したり受け取ったり蓋を閉めたりしていたのだが、しばらく走るとカーブにつれて絵里子の首が左右に揺れだした。

いつものことではあったが、急に眠りに落ちたようだった。カーブで窓ガラスに頭を打たないようスピードをぐっと落とし、玄堂は敢《あ》えて挑発的に言ってみた。

「食べてるか、寝てるかだよなぁ」

しかし薄眼を開いた絵里子は、意外なほど素直な答えを返した。

「そうだよ。私はやっぱりお父はんの子なんだよね」

絵里子の両親は、彼女の強い勧めに従って晩年はこの町の高齢者住宅に移り住んだ。大阪で初めて逢ったときからソファでまどろむ父親は見慣れていたが、何度見ても驚くのはまどろみから醒めた直後、義父が何でも手近なものを食べ始めることだった。二度の戦争体験が関係しているのか、と思った覚えがある。義父は十七年前に米寿で亡くなり、その一年半後には義母まで呆気なく逝った。いずれも先住職と玄堂とで見送り、大阪の菩提寺に納骨したのだった。

玄堂は急に二人のことをさまざまに憶いだした。よく一緒に酒を酌み交わしたお母はんの上機嫌な笑顔と、寝起きに黙って饅頭に手を伸ばすお父はんの様子がありありと浮かんだ。鼻の奥で笑いが芽生え、絵里子を見遣ったが、すでにまた頭を深く垂らして寝入っていた。絵里子の寝顔を傍らに意識していると、どういうわけか自分たちに子供ができなかった事実がただ事実として浮かんできた。それはまるで文字のない空白のテロップのように、静かに流れて消えた。


真っ暗な谷間にほっこり二棟ほどの明るい建物が現れた。橋を渡り、細い川を挟んだ道を戻るように進むとN温泉の灯りが近づいてくる。

昔から野湯《のゆ》が湧き出た場所らしく、この辺りの字名《あざめい》も「湯《ゆ》」なのだが、余程いいお湯が出たとも受け取れるし、お湯しかなかったとも言えるだろう。戦後まもなくは民営の大きな建物があり、そこで地域の人々の結婚式まで行なわれたらしいが、高度成長とともに人口も減り、すっかり廃れた。そんな場所にしばらくして行政が新たに施設を作り、おそらく地元の人々を頼んで管理している。今日は年末のせいか青色ＬＥＤのイルミネーションが上下二列に疎らに点滅しており、却って侘しさを感じさせた。しかも普段なら閉館間際まで車が出入りする川沿いの駐車場が、今はがらりと空いている。建物の前の奥まった所に軽トラが一台、軽ワゴンが一台停めてあるのは、たぶん当番の職員の車だろう。

「……はい、着きました」

「ん、あ、ほんとだ。……ありがとう」

目許を擦りながら絵里子が顔を上げ、すぐにお辞儀した。

「着いたのはいいけど、やってるのかな？　駐車場にお客さんの車が一台もないよ」

「……だってここ、年中無休だし、毎日午前十時から夜八時まで、きっちり一年中やってるのが凄いって、こないだ感心したばっかりだよ」

絵里子はすっかり目覚め、まるでべそをかくばかりの顔になった。

「とにかく灯りは点いてるんだし、行ってみよう」

ドアを開けると一気に川の音が全身を包む。二人は寒さのせいばかりでなく、急ぎ足で玄関に入った。

「……あら」

玄堂が呟くと、窓口の見慣れない女性が同じ言葉を反復した。いつもの男性は目力《めぢから》のこもった眼で玄堂と絵里子を見つめ、「千、円」と呟いた。

「いつもどおり、やってるんですね」

玄堂が千円札を渡しながら確認すると、五十前後と思える女性のほうが何度も頷き、「こんな日だから、もう誰も来ないと思ってたんですよ」と、お互い「あら」で示した小さな驚きを説明した。

「こんな日？」

絵里子が訊くと、男が大きな歯を見せて笑いながら「クリス、マス」と答えた。

「ああ……、今日はイヴなんだ」

絵里子の深い溜息のような声に重ねて玄堂も「あああ」と唸り、その様子を見た男が笑いを深めてもう一度、「クリス、マス」と言った。


六時四十五分の入館だから、時間は充分にある。大抵は三十分程度で玄堂が上がり、絵里子が上がるのを休憩室などで待つことになる。しかし今日は休憩室のテレビも点いておらず、客は誰もいない。二人は紺色とピンクの暖簾の前での別れ際、いつも上がり時間を確認するのだが、今日は「適当に」と玄堂が呟くと絵里子も頷き、そのまま脱衣所に入った。

玄堂自身、そのときの思いは充分な言葉にならないのだが、敢えて言えば、クリスマスがそれほど特別な日であったということに驚いていたのだと思う。無人の脱衣所で服を脱ぎ、床のタイルが乾いた浴場に足を踏み入れるとその思いはますます強くなった。

「人が入らないとお湯の温度が上がりますから、遠慮なく水を入れてくださいね」

初めて見かけた受付の女性はそう言ってくれたが、なるほどデジタルの温度計は45度を示している。玄堂は蛇口の根元に巻かれた青いホースを解いて湯船まで伸ばし、水を出してから鏡の前で体を洗いはじめた。

「お～い」

体を洗い終えて湯船に向かいながら、玄堂は女湯のほうへ呼びかけてみた。

「お～～い」

少し長めに、絵里子のくぐもった遠い声が戻った。壁で塞がっているから普段は意識もしないのだが、絵里子も一人きりで今はこちらに意識を向けている。

少し熱めのお湯に一人で浸っていると、次第に今のこの不思議な状況が際立ってくる。

普段は孫を連れた老夫婦や子供連れの若い夫婦なども多い温泉なのに、彼らはいまケーキを囲んでクリスマスを祝っているのだろうか……。子供がいるならともかく、湯船の外の椅子にいつも腰掛けていた老人や独身の男たちはどうしているのか……。お寺に生まれ育った玄堂でも、子供の頃は父親が裏山から伐りだした樅の木を寺の中に飾ったこともある。隣町で買ってもらった金銀のオーナメントや電飾を巻きつけ、綿の雪を枝ごとに載せ、本堂の蠟燭を持ってきて灯したものだ。しかしまさか、そんなことを老夫婦だけでしているわけでもあるまい……。

またこの辺りには除染作業員の宿舎もあるはずだし、明らかに独身に見える職種の分からない若い男たちもよく見かけた。彼らは今頃、いったいどこで何をしているというのか……。

余計な詮索であることは間違いないのだが、こうして誰もいない湯船を初めて占領してみると、あらぬ疑問が次々に湧いてきた。

普段は開けられない窓のガラス戸を少しだけ開けてみた。小雪混じりの寒風が一気に胸元を刺し、すぐに閉めると遮断された川の音の残響が耳に残った。再びお湯に肩まで沈むと、なにか神聖な空気が吹き込まれた気がした。

「……クリスマス、か」

そう呟くと、自然に声が出てきた。

サ～～ィレンナ～～イ　ホ～～リ～ナ～イ

自分でも驚くほど良く響く声だったが、続く英語が出てこなかった。やむをえず、

ほ～～しは～ひ～～かり～～

と続けると、くぐもった絵里子の声が少し遅れて響いた。


すぅ〜く〜い〜のみ〜〜こは〜〜

ま〜ぶね〜〜のな〜かに〜

ね〜〜むり〜たも〜ぉ〜〜

い〜〜と〜や〜す〜く〜〜


遠い絵里子の声も重なり、それは荘重と言ってもいい響きだった。

そういえば、カトリック系の幼稚園に通っていた頃、この歌を歌いつつ天井に近いステンドグラスを見上げ、幼子を抱いたマリア像を仰いだものだった。歌いながらそんな情景を憶いだすと、「まぶね」という言葉が急に謎めいて浮かび上がった。その中で眠るという「まぶね」とはいったい何だったたか……?

ハミングをしばらく続けたが自然にやめた。女湯からも声が聞こえなくなり、玄堂はいつしか馬小屋で生まれた救い主に思いを馳せていた。

馬小屋の周囲にはフレコンバッグが山と積まれ、小屋の中にも除染で伐られた雑木や竹が押し寄せている。増え続け、行き場のない除染廃棄物の仮置き場に、救い主は生まれるのだ。キロあたり八千ベクレルから十万ベクレルまでの廃棄物が一緒くたにされて押し寄せる平らな土地に馬小屋はある。そしてその「まぶね」の中で、救い主は安らかに眠っている……。

　中間貯蔵施設の予定地十六平方キロの土地の地権者は二千四百人近いが、そのうち約半数は「所有者不明」。多くは登記を更新しないまま亡くなったため、法定相続人は子や孫の代に移り、膨大に増えている。身元の分かった半数も、わずかに二十数人しか売買契約に応じておらず、このままでは中間貯蔵施設などできるはずもなかった。仮置き場は廃棄物で溢れ、運び込めないフレコンバッグはその場保存。救い主がもしも現れるとするなら、きっと十万ベクレルの「まぶね」の中だ。

　玄堂はのぼせそうになって湯船の縁に腰掛け、もう一度「きよしこの夜」の冒頭を歌ったが、女湯は静かだった。

　体を拭き、ゆっくり乾かしてから作務着を着ていると、ふいに憶いだした。明日はイエスの誕生を祝う日であるだけでなく、絵里子の誕生日でもある。自分では、イエスとは言わず、白隠禅師と同じ誕生日だと話していたが、いずれにせよ今晩はそのイヴなのだ。

　絵里子は車に乗り込むとすぐに大阪弁で話しだした。絵里子の場合、それは昔のことをあれこれ憶いだしていた証拠のようなものだった。

「クリスマスなんて、してもうたことないわ。大晦日までずっと餅と格闘してたし、……寝る時間も削って夜食にラーメン食べてがんばっててん。ほんで嫁いだのがお寺やろ。二十六日が餅つきやし、イヴにお葬式やもん、クリスマスのクの字もあらへん。……エリちゃんは不幸や」

なるほど大阪の米屋からお寺に嫁げばそういうことになるか……。同情はしつつも玄堂は水を差した。

「たぶん明日、館山花屋さんがまたケーキ届けてくれるやろ」

なぜか玄堂も半端な大阪弁になる。そのほうが気楽に話せることもあって、嫌いではなかった。

「そうかもしれへんけど。……ケーキ食べりゃええってもんとちゃうやろ」

「それはまぁ、そやなぁ」

「そやなぁやないで、エッさまと私と、ダブルの誕生日なんやで。お釈迦さまなんて、ちゃんと盛大に花祭りしてもうてはるやん」

「だけど今頃みんな、なにしてるんかな。……風呂にも来んと」

はぐらかすつもりではなく、玄堂は正直な疑問を口にした。車の進む曲がりくねった道の遥か上のほうに、大きな家の居間らしい部屋の分だけ灯りが点いている。そこに何人の家族がいるのかは知らないが、彼らはすでに自宅の風呂に入り、なにか特別なことでもしているのだろうか。

「せやねん。私もそれが不思議やねん。……なんでいつもみたいにお風呂にけぇへんのやろ」

「……お祈りでもしてるんか」

玄堂は冗談のつもりで言ったのだが、絵里子は答えず笑わず、妙にしんとした空気が漂った。

傾きかけた仮設住宅の佇いが脳裡に浮かんできた。しばらくまえの新聞の見出しに「腐蝕やシロアリ　12団地」とあった。むろん県内の仮設住宅のことで、修繕が必要な箇所は都合六百三十三箇所にも上るという。また玄堂は隣町の大型家電用品店やゲームセンターで絵里子と一緒に見かけた仮設の住民らしい老人の様子を憶いだした。老いているだけでなく、どよんと緩んだ眼が何時間も巨大なテレビ画面を見上げつづける。お金のかからない簡単なコインゲームに興じる老人もいて、……祈るなんて贅沢なことだと、玄堂は思った。

来るときよりも闇は深くなり、行き交う車も極端に少なくなっていく。月も厚い雲に隠れ、山腹に点在する人家の灯りだけが人間の気配を示していた。おそらく人がいなくなり、この闇の中では見えない家も何軒かあるに違いない。

「あれ、なんなん」

絵里子が怯えるような声で訊いた。左側面の暗闇のなかに、わびしい光が数個、あわあわと揺れるように瞬いている。

「……ああ。あれは獣除《けものよ》け。イノシシとか猪豚が増えてるから。……最近はいろんな形のソーラーライト売ってるみたいやで」

「……さびしすぎ」

「え」

「さびしすぎるやん、あんなん」

絵里子はシートから背中を起こし、両手をフロントパネルに置いて叫ぶように言った。

入浴中の絵里子のなかに何か形のない感情が膨れだし、今になって噴き出し口を探しているような気もした。いつものように寝入らないのは奇特なことだが、不穏でもあった。

玄堂はなにも答えないまま、カーブの多い細い道の運転に専念した。百目木《どうめき》という集落を過ぎ、また山道に入っていくと、絵里子は背中を起こしたまま急に声をだした。

「スッチャラカチャラチャラスッチャラッカチャン、……スッチャラッカチャラチャラスッチャラッカチャン」

「なんや、それ」

「賑やかにしたろう思て、……せやけどあかんわ。力不足や」

「力て、ちんどん屋パワーか」

「そうやで。……ちんどん屋さんって、凄い仕事やと思わへん？　どんな人でも盛り上げて応援してくれはるやん、凄いわ」

「あれも元々は大阪、かな」

「大阪では東西屋って言うたみたいやけど、起源はわかれへんわ」

「トザイ、ト〜ザイ、やな。口上の文化や」

「せやな。文化やで。……もちろん商売なのは承知やけどな。たとえ商売やっても、わざわざお祝いや励ましに来てくれはるんやし、応えなあかんわなぁ」

「……ちんどん屋さん、やりまっか」

玄堂がそう言うと、絵里子は右手で鉦《かね》、左手で太鼓を叩く振りをしながら口を尖らせた。

「トザイ、ト〜ザイ、ここ福島の桃のおいしさは、……あかん、エリちゃんでは力不足や」

「一度、日本中のちんどん屋さんに福島来てもらおか」

「……それがええわ。……あ、あかん。結局、福島から全国に行ってもらわなどうにもなれへんやろ」

「それはそれとして、……こっちにも呼ぼうや」

「呼んでどないすんのん」

「どないて、応援してもらおうや。それに救い主の誕生祝いもしてもらわななぁ」

「……救い主かぁ」

そう呟いて絵里子はしばらく黙った。「きよしこの夜」を歌ったあと、絵里子は風呂場で何を思っていたのだろう……。玄堂はまた「まぶね」のことを憶いだし、荒涼たる仮置き場の夜に思いを馳せた。

「救い主は、原発のあの所長さんやな」

「亡くなったあの吉田所長か」

絵里子が黙って頷く。

「……今は、誰かおらんの」

玄堂が訊くと、絵里子はしばらく正面を睨んでから陽気な声で言った。

「死なな、救い主なんかなられへんのとちゃう。エッさんかて、生きてる間は自分のことで必死やったんやろ」

「……死んでから、救い主、か」

「それでええやん。……寒昴《かんすばる》たれも誰かのただひとりって、誰か俳句で詠んではったわ」

玄堂はふぬけのようにその俳句を反芻し、イエスではなく絵里子にとって只一人の老父母を憶いだした。またその句に詠まれた震災の生存者に連なる多くの「ただひとり」の死者たちも想像した。漆黒のような無数の死者たちの塊に、微かな文目《あやめ》が見えてくるような気がした。

「生きてるうちは、ちんどん屋さんにあんじょう励ましてもろたらええやん」

そう言って絵里子は背中を座席に戻し、ようやく脱力した。


風が強まってきて雲を払い、再び出てきた月が卵の黄身のように見えた。そろそろ空腹なのだと思った途端、腹の虫が鳴いた。

「それにしても、寒昴って……」

言いかけて振り向くと、絵里子はまた首を垂れて寝入っていた。

「……寒昴どころやあらへん」

玄堂は独り呟き、少し街灯の増えてきた町並みをスピードを落として走った。

ところどころに檀家さんの家があるのを見遣り、その灯りの内部を想像したが、胸中に蟠《わだかま》っている疑問はいっこうに解けない。いったい彼らは今そこでなにを食べ、なにを語りあっているのか……。そして今晩は、全国の日帰り温泉はどこもガラガラなのか……。莫迦《ばか》ばかしい疑問のようだが、まるでお寺で暮らす自分たちだけが非常識のようにも思え、落ち着かなかった。

見慣れた街中を通り、お寺への坂道を上りだすと、玄堂は絵里子の右肩を押した。

「まもなく着きまっせ」

すると絵里子は眉間に皺を寄せてジャケットの襟を立て、勢いをつけるように眼を開いた。

「……着いてしまったかぁ」

無意識のうちに大阪弁が解除されている。

エンジンを停め、それぞれ手提げ袋を持って外に出ると、突風が横なぐりに吹いた。飛ばされそうな勢いのまま、絵里子が急いで山門の階段を登る。玄堂も小走りに追いかけた。すると石畳で急に立ち止まった絵里子は一旦夜空を見上げ、本堂の上の月を仰ぎ見てから振り向いた。

「……スッチャラッカチャラチャラチャラスッチャラッカチャン」

両手を宙に揺らしながら、阿波踊りのように踊る。

「……どないしましたんや」

小雪が吹きつけるなか、風音に紛れない大声で玄堂が訊くと、絵里子は一歩玄堂のほうに近づき、乱れる髪を押さえながら言った。

「自分への応援やねん。エリちゃん、がんばって夕ご飯作るぞ〜〜ってね。一巻の終り、二巻の始まり」

「そうか。……早死にしたら、救い主として崇め奉るからな」

「ふん。早死になんか、せえへんわ」

玄堂を見据え、そう言って少しだけ笑うと、絵里子はふいっと踵を返してそのまま玄関のほうへ走っていった。

改修工事の済んだ本堂の銅屋根が、小雪を透かして青白い月光をかすかに映している。来年からは庫裡の工事が二年以上つづく。玄堂は寒風を浴び、玄関にゆっくり近づきながら、自分にとっての「まぶね」はここなのだと思った。言葉の意味がすっきり諒解できたわけではなかったが、苦しくても安らかでもとにかく自分たちはここで寝起きし、生きていく。そう思った。

頭の中にはなぜかちんどん屋の音とリズムが「聖歌」のように鳴り響いていた。

＊「寒昴たれも誰かのただひとり」は釜石市在住の照井翠氏の句集『龍宮』中の一句です。

火男《ひょっとこ》おどり

猪狩《いがり》の爺《じい》の声はインターフォン越しでもよく判った。嗄《しやが》れているのに粘りけがあって独特だ。「どうもぅ、猪狩ですぅ」と言ってから、笑うような咳をした。モニター画面にはマスクを着けた男性が他にもう一人映っている。宗圭《そうけい》は炬燵で食べていた蜜柑をもう一房口に入れてから千香に向かって首を傾《かし》げ、マスクを着けて玄関に出た。

板戸が開くと同時に風と雪が吹き込み、長靴を履いた二人がなだれ込んできた。二人とも帽子とマスクをしていたが、「和尚さん、突然すみません」という声と目許でお寺の地区総代の根本さんだと判った。「ちょっと聞いていただきたい話がありまして」。二人は目を合わせ、頷きあってから再び宗圭を見上げた。

年始廻りも終わり、今日は千香と買い物にでも行こうかと思っていたのだが、珍客の到来である。

猪狩の爺は、復興住宅に住む被災地出身の八十代。仮設住宅の頃から坐禅会に出入りするようになり、よく旅の土産などを持参しては玄関で近況を語ってくれたものだが、今日はそんな単純な用事ではなさそうだ。根本さんは同じ地区の元々の住民で、まだ七十を少し出たところか。だいたい二人の関係もよくわからない。宗圭は「まぁどうぞ」と言ってからようやく蜜柑の薄皮を呑み込んだ。

茶の間のファンヒーターを点けて卓袱台《ちゃぶだい》に向き合い、まずは上着と帽子を脱いだ二人と新年の挨拶を交わした。すぐに訊ねる目を向けたのだが、畏《かしこ》まったままなかなか口を開かない。千香がやはりマスク姿でお茶を出すと、二人は待っていたようにマスクを外し、猪狩の爺は野性的というか何本も欠けた歯並びで一口、二口飲み、根本さんは人工的に見える綺麗な歯とすんなり伸びた鼻筋を見せ、両手で持った茶碗を丁寧に傾けたが、すぐにまた二人ともマスクを着けた。

この町の新型コロナ感染者はまだ学生が三人だけだ。しかし東京では一日二千人を超え、なおも全国で増加しつづけている。二人の律儀なマスク使いに宗圭はなんだか胸が熱くなった。

「どうしたんですか」

率直に訊いてみたが、二人はマスク顔を見合わせている。千香が蜜柑の入った器を置きながら「どうぞ」と勧めると、ふいに猪狩の爺が頭を根本さんのほうに向けて下げ、右掌を宙に浮き上がらせた。蜜柑とは関係なく、たぶん根本さんから話してくれという意味だろう。

二人とも背後の畳にジャンパーと帽子を置いていたのだが、おもむろに根本さんが振り向いてジャンパーをたぐり寄せ、卓袱台の下でしばしまさぐっていたかと思うと、まっすぐ宗圭を見つめ、それから千香も見つめ、まるで丁半博打のツボを置くような大袈裟な手振りでそれを蜜柑の横に置いた。帯封のついた百万円の束だった。

宗圭は眼球を押し出すように札束と二人を交互に見つめ、それから絶句したまま横に坐った千香と見合った。

すると猪狩の爺が「あはは」とマスクの中で笑い、根本さんも目尻の皺を深め、急に方言丸出しで「凄《すご》いばい、これ、お賽銭だぞい」と言って嬉しそうに札束を見つめた。

根本さんの話によれば、近所の見晴《みはらし》神社の神社総代もしているため、例年のように年末年始の賽銭を回収しようと、松の内も明けた昨日、ひとり賽銭箱の鍵を持って神社に出かけたのだそうだ。宗圭は聞きながら、道路近くの真っ赤な鳥居と、あちこち傾いだ古い石段を憶いだした。境内まで行ったことはないが、地域に守られてきた小さな無人の神社だったはずだ。

「いやぁ、おったまげだぞい」

根本さんの白いマスクが波打った。そして急に気やすくなったのか、「崩していいがな」と言って胡座《あぐら》になり、猪狩の爺もつきあうように横坐りになって、まもなく蜜柑に手を伸ばした。

どうやら二人の間の話は済んでいるらしく、あとは根本さんが話せばいいと思っているのだろう。猪狩の爺はやおら蜜柑の皮をむきだし、幾房かを使い込んだマスクの下から口に入れ、両眼の周囲に皺をよせて「酸《す》っぺなぁ」と絞りだすように言った。

「猪狩さん、ビタミン不足なんじゃないの」

千香が遠慮なく言う。「ひとり暮らしはビタミン不足に注意しなきゃ」「それに、蜜柑はあたためてから食べれば酸っぱくなくなるのよ」。

矢継ぎ早にそう言われ、猪狩の爺は「千香先生は何でもわがってんだなぁ」「どぉれ」と言いながら、食べかけの蜜柑をファンヒーターの噴き出し口辺りに置いた。

千香は町の子供たちに寺子屋と称して理科や算数、英語を教え、いつしか檀家さんからも千香先生と呼ばれていた。竹林寺《ちくりんじ》に来てから約六年、つまり猪狩の爺とは仮設住宅にいた頃からの顔見知りだから、千香にとって猪狩の爺はこの町で最も古い知り合いの一人、ということになる。

「猪狩の爺」という呼び方だって、じつは千香が言いはじめたものだ。「猪狩さん」では同姓が多すぎてわからず、「猪狩のお爺ちゃん」とか「お爺さん」では「お」を付けても「なんだか可哀想」だと言う。「敬称なしのジイって、キリッとしててかっこよくない？　あの人農業しながら剣道の指導もしてたんでしょ。愛称じゃなくて、尊称だよ、猪狩の爺」と言って自画自賛した。

むろん二人の間だけの内輪の呼び名だが、宗圭ははじめ若殿が家老を呼ぶような印象でしっくり来なかった。しかし呼び慣れるだけで違和感がなくなっていくのが恐ろしい。今では人当たりはいいのに頑固で、意地でも独り暮らしをやめない猪狩康平という人を、「猪狩の爺」以外には呼びようがないと思えるのだった。

「あの、それでこのお賽銭が……？」

宗圭は卓袱台の上の百万円をもう一度見つめる。

「あぁ、そだそだ」

爺と一緒になってファンヒーターと蜜柑を眺めていた根本さんは、やっと本腰を入れて話しだした。

要はこのお金、当然だが誰が入れたのかはわからない。しかし毎年賽銭箱を開けて中身を確かめてきた根本さんとすれば、「情けねぇけど、俺だぢの地区の人じゃねぇですよ」と言う。「んだって、十年以上俺が開げでんだげんちょ、一万円はおろか五千円だって入ってだごどねぇんだがら。……宝くじに当だったたってのも聞かねぇしなぁ」

とすれば、復興住宅に住む人々に違いない、そういえば今年は震災から十年になるし……、そう思った根本さんは早速猪狩の爺を訪ねたらしい。

「あの、お二人はどういう関係で？」

思わず宗圭は途中で訊いた。すると根本さんは一度爺のほうに向き直ったが、特に反応がないので自分で答えた。

「和尚さんも覚えでっぺい、見守り六地蔵の開眼法要。俺らの地区の有志でお金出しあって、仮設住宅が見下ろせる地区墓地の下に建でだべよ」

「ああ。……ええ」

確かにその法要をしたのは宗圭だし、初めて角塔婆を書いたことも忘れはしない。その丘から見下ろした今はなき九十戸ほどの仮設住宅の様子も一瞬に甦った。猪狩の爺がいま住んでいる復興住宅はその仮設住宅の敷地に隣接している。

「あのどぎ仮設の住民を代表して何人か出てもらったんだげんちょ、その一人が猪狩さんだったんだわい。……その後もだいぶ親しぐさせでもらって」

根本さんは隣の爺を振り向いたが、猪狩の爺はまっすぐ宗圭の胸元を見つめるようにして言った。

「あんなありがてぇごどはながったなぁ。……いったいどごにそんな仮設住宅があっぺが。迎える地区の人だぢがお地蔵さん建ででくれるなんて、聞いだごどあっかい、和尚さん」

「いや、……いい話ですよね」

「んだべ。……んだがら、俺ぁ買い物はでぎるかぎりこの町でするだよ。ゴミは持ってってくれるし、雪が降れば町で除雪もしてくれるんだがら、少しでも恩返ししねぇど」

情をくすぐる話に照れたのか、根本さんは宗圭に笑いかけながら言葉を挿《はさ》んだ。

「地域との懇親ってわげで、その後も一緒に旅行したり、飲み会もだいぶやったわなぁ、コロナのまえは」

親しいのはわかったが、根本さんは猪狩の爺の家を何のために訪ねたのか、これも素直に訊いてみると、根本さんは眉根を寄せて「ううん」と小さく唸り、少し考えてからマスク越しに言った。

「いや、最初はね、心当だりがねぇがって猪狩さんに訊いで、誰が入れだのが探そうとしてだんだわね、俺。だげど猪狩さんは、金に余裕がある人はいっぺぇいっけんちょ、あの神社に通ってる人がいるってのは聞いだごどもねぇし、誰が入れだのがはわがんねぇし、知りようもねぇべって……。そりゃあそうだわない。んで、それを知ってどうすんのがって、訊かれだんだわい、猪狩さんに。そしたら俺、知ってなじょすんだが、自分でもわがんなぐなっちまって。……ようやぐ俺、気づいたんだない。問題はこのお金を誰が入れだがじゃなくて、これをどうすんのがっちゅごどだげなんだって」

そこまで一気に話すと、根本さんは左手で器用にマスクを外し、お茶を呷《あお》るように飲んでまたマスクを戻した。農業の傍らシルバー人材センターでも働く根本さんは、いわば地域の世話役で寺総代としても頼れる人だ。宗圭は頷きながら聞き終え、「なるほど」と呟いてから訊いてみた。

「例年、そのお賽銭はどうしてるんですか」

「いつもはたいした額じゃねぇし、秋祭りの直会《なおらい》の飲み物代の足し、ってとごがな」

「じゃあ神主さんにも報告してるわけですね」

「ああ、そりゃそうだわい」

「このことは……、神主さんには」

宗圭が訊くと、根本さんは震えるようなスピードで頭を横に振り、「いやいや、報告なんてしてねぇし、しねぇよ」と断言した。

「たしかあの神社の管轄は……」

「……野々口さんだわい」

「ああ、温厚な感じの神主さんですね」

宗圭も一度小さな医院の起工式で会ったことがある。起工式の儀式は野々口さんが水色と白の衣装で行ない、宗圭はなぜか火伏せのお経を頼まれた。この町には五十を超す神社や祠があるものの、神職は四人しかおらず、皆幾つもの無人の神社や祠を管轄して祭の儀式などを執行しているのだった。

「温厚はいいげんちょ、これは玉串料とが初穂料じゃねくて、お賽銭だがらない」

根本さんはまたきっぱり言って札束を見つめた。

「お賽銭の処理は氏子総代に任せるって言わっちるし……、それにこれって、復興住宅の人が入れだんだどしたら、たいがい見守り地蔵さんへのお礼だべなって、思うべよ」

そう言って根本さんはまっすぐ宗圭を見たが、言いたいことがよくわからなかった。

「と、いうことは?」

「んだがら、……たまたま神社総代五人のうぢ四人までがあのお地蔵さん建立のときの出資者なんだわい。んだもの、俺だぢ総代が相談して使い途決めだっていいんでねぇがなって……」

「……ああ」

方言独特のニュアンスのせいもあり、腑に落ちるまで数秒かかった。しかし完全に納得できたわけでもない。

「野々口さんには話さずに、私のところに来たっていうのは……」

「そりゃあ、猪狩さんも和尚さんに相談すっぺって言うし、……正直言うど、誰がに知っといでもらいてぇと思ってね。それに、……神主さんに相談したら、このお金、取り上げられっちまうがもしれねぇべ」

そう言って根本さんは、手編みらしいベージュのセーターの両腕を「ハ」の字に開き、首を傾げてみせた。

確かに、野々口さんが賽銭の処理を任せきっていたのはそれがいつも少額だったからだろう。この竹林寺の場合、檀家は六十軒余りだから収入の多くを千香の寺子屋の上がりに頼っている。他に役員さんの家三軒への月参りで計三万、賽銭箱にはたぶん檀家さんの温情で、ときおり五千円札も入っていたりするからこれも無視できなかった。

宗圭が腕組みして考えていると、猪狩の爺が急に「おっ、甘ぇ」と叫んだ。ファンヒーターで温めた蜜柑をマスクの中で噛んでいるようだ。「でしょ」と千香が右手の拇指《おやゆび》を立てた。「どぉれ」と言って根本さんも幾房か貰って口に入れた。「ああ、確かにこらぁ甘いわ」。一瞬にして話が散らかってしまうのだった。

しかしおそらく二人の共通認識はここまでなのだろう。蜜柑を食べ終えた猪狩の爺は、あらためて「どうすっぺなぁ、これ」と言って札束から宗圭に目を移した。宗圭は爺からゆっくり根本さんに視線を移しながら言った。

「なにか、お考えがあるんでしょう」

するとと根本さんは急に正坐になり、猪狩の爺を見遣ってから答えた。

「これはまぁだ、猪狩さんにも他の総代だぢにも話してねぇんですが、じつは神社の石段に、手摺りを付けてぇなって思ってるんですよ。年寄りだぢが、あれじゃ登れねぇって、前から何人も言ってるし、……百万あればでぎっぺど思うんで」

「あぁぁ、そらぁいいな、すっばらしい」

先に口を開いたのは猪狩の爺だった。根本さんに顎先を向けて二、三度頷き、それから「なぁ」と言って宗圭夫婦に笑いかけた。

爺と根本さんの二人に見つめられ、宗圭は「いや、……素晴らしいんじゃないですか」と戸惑いつつ答えた。間違いなくそれはいい考えだが、なぜかどこかに忘れ物でもしているような気分だった。

二人が満足げに帰っていったあと、お茶の茶碗を洗っていた千香が、ふいに言った。

「確かに素晴らしい使い途だと思うけど、……お賽銭に百万円も入れるって、どういうことなのかしら。震災から十年って、ほんとになにか関係あるのかなぁ」

宗圭もそこは気になっていて、残してあった蜜柑を頬張りながら正直に答えた。

「……そうなんだよなぁ。どういう心境でそういうことするんだろうね。……以前、住職研修会のときに祈禱寺の和尚さんが言ってたけど、そのお寺でも時々百万円とか入るらしいんだ。その和尚さんがなんか自信ありげに言ってたのは、そういうのはお礼参りなんだって。……つまり祈願するときじゃなくて、祈願が叶ったお礼参りのときにそういう大枚は入れるんだって」

「……ふぅん。なにが叶ったんだろ」

そう呟きながら千香は手を拭いていたが、急に足早に宗圭の前まで来ると、子猫のような顔で言った。

「うちの本堂とか薬師堂にも、入ってるんじゃないの」

「ないない。入ってたら、怖い」

「見たの？　お賽銭箱」

「見てないけど、ないって」


雪がやんで青空の覗く空から強い光が差してくる。雲の動きが速くて足許の石段を覆う雪も耀いたり沈んだりする。「あ、お願い」。風にふらつく千香の手を握り、宗圭は足跡一つない見晴神社の石段を注意深く登っていった。踊り場を二つ越え、振り向くと乗ってきた緑色の軽自動車「竹林号」がけっこう小さく見えた。あらためて「手摺り」のアイディアの妥当性をまず思った。

現場検証というわけではないが、昼食後なんとなく気になって神社に行ってみようということになった。むろん午前中のうちにお寺の賽銭箱は二つとも開けてみた。合計七千円ほどだと告げると、千香も「あ、千円札が二枚も。……健全なありがたさだわ」と言って笑った。

両側にツツジの古木を配した最後の数段を登ると目指す境内に出た。周囲の木々が円形に劃《かく》した青空の下、薄暗く鎮《しず》まった正面には驚くほど立派な本殿があり、右奥には朽ちかけたお神楽の舞台が昔の隆盛を物語っていた。二人ともユニクロのダウンジャケットと長靴で静寂を切り裂くように進み、用意してきた少し多めの賽銭を古びた木箱に入れた。鈴を順番に鳴らして二礼二拍手一拝。手袋を脱いで千香に合わせようとしたが柏手《かしわで》が揃わず、一瞬騒いだ空気がまた鎮まった。遠くでカラスが鳴いて、ひときわ静寂が際だった。

「これ、根本さんたちが作ったのかな」

しばらくすると千香が正面を指さした。直径三十センチはありそうな新しい立派な注連縄《しめなわ》があり、その背後には「疫病退散」「災厄消除」などと書かれたたくさんの半紙が紐の先で揺れていた。

「かなぁ」

「大勢で、マスクして作ったのかな」

「……だろうね、きっと。……ところでなにか祈願したの」

「コロナの早期終熄」

「……ああ」

「宗圭さんは？」

「……同じだよ」

本当は、せめてあと二十軒、檀家が増えますようにと祈願したのだが言わなかった。今や全国の感染者は一日七千人を超えており、北陸や山陰では記録的な豪雪が続いている。宗教者ならその終熄や無事こそを祈るべきなのは明らかだった。

浅い雪の上を歩いて小さな末社を通り過ぎ、神楽舞台の前まで来たとき千香が突然振り向いて目を輝かせた。

「ねぇ、どんな願いが叶ったら神さまに百万円差し出せる？」

「え、……一千万、手に入ったら、お礼に出すかな」

「それじゃ取引じゃないの」

千香は不満げに口を尖らせた。しかし二、三歩行きかけてもう一度振り向くと、今度は眉根を寄せて言った。

「だけどそうよねぇ、なけなしじゃ出せないわよねぇ」

結局、珍しい神社に初詣でをしたというだけで、お賽銭については何の探求もしないまま二人は見晴神社を後にした。

お神楽の舞台を見たときから憶いだしていたのだが、そういえば猪狩の爺は「火男《ひょっとこ》おどり」の弟子入りをしたらしい。いや、それはもう三年も前のことで、「師匠の家に三日も通って庭掃ぎして頼み込んで、ようやっと許してもらったんだぞい」と、本人からずいぶんまえに聞かされた。

宗圭はふと、今年は猪狩の爺もダルマ市で踊るという話を、また注意深く石段を降りながら憶いだしたのである。

　もともと「火男」とは、なにかの障碍をもっていて普通には働けず、それでも陰日向のない一途さが買われて名主《みようしゆ》に取り立てられ、村の火を消さずに守る大切な番人を命じられた実在の男の化身らしい。室町時代とも言われるが、むろんマッチもライターもなかった時代、常に元火の番に当たるため旅にも出られず、病気にもなれず、衰えた火は火吹き竹で煽るため口もいつしかひんまがってしまう。なんの取り柄もなく顔も歪んだ醜男《ぶおとこ》だが、「おかめ」という当時とすれば絶世の美女が添い遂げてくれるという微笑ましい話である。

　爺が師匠と呼ぶ弥一さんは、数軒ある「デコ屋敷」の主《あるじ》の一人で、まもなく開催されるダルマ市で伝統のダルマを作って売るだけじゃなく「火男おどり」でも活躍する。およそ三百年前から踊られているという「七福神おどり」の二の舞だというが、いわば神と人とを繋ぐ踊り。爺は弥一さんの語るその「火男」の名前の由来だけでなく、殆んど弥一さんの独創になるその踊りにも感動したらしい。

　宗圭も一度盆踊りのとき目にしたのだが、鼻までしかない張り子の面を頰被りの手ぬぐいで顎に結び、口は自前で喉仏が見えるほど頻繁に開閉する。派手な野良着には紅い布が多用され、その手脚の動きはまるで何かに憑かれたように敏捷でサイキックだった。

　弥一さんは「半分以上はご先祖さまが踊ってるんだ」と爺には話したようだが、宗圭はその話を聞いたとき、なんとも面白い人だと思った覚えがある。たしか一昨年《おととし》の秋の月例坐禅会のとき、坐禅のあとの茶礼の席で猪狩の爺は悔しそうに呟いた。「踊ってるのはオレじゃねぇんだがら、恥もプライドも過去も捨てろって、叱られっちまったんだ」

爺は皆が帰ったあとの本堂に残り、「むっつかしいんだぁ」と宗圭に訴えた。「ご先祖さまは原発知らねぇべし、親父は立地調査にも反対したまんま脳卒中で死んじまった。オレだけ原発でい い目も見で、今度は町追い出されでお金もらって、……一緒に踊るなんて無理だべ」。猪狩の爺の深刻な苦悩を初めて見た思いがした。

そして爺は、帰り際にこうも言った。「文明の火だなんて言って、オレは莫迦な火男やってだようなもんだべよ。踊ってるうぢに、火は昔の火に戻っぺがなぁ」。宗圭は本堂の外まで一緒に出て、秋風にざわつく竹林を見遣りながら答えた。

「親父さんとかお祖父さんじゃなくてもっと昔の、顔も知らないご先祖さまが猪狩さんの中にいて、無心になって踊るとそのご先祖さまたちも一緒に踊りだしますよ。……もう少し坐ってみてください。火男の火は昔から変わらないと思いますよ」

猪狩の爺とのことは、たいてい千香には話してあるのだが、そんなやりとりについて話しながら竹林号を走らせていると、急に千香が言った。

「爺のとこ、ちょっと寄ってみない？　きっとがっかりしてるわよ」

「がっかり……？」

「だって今年のダルマ市、爺たちせっかく稽古を重ねてきたのに、踊りは中止だし、飲食の出店も出ないみたいよ」

「えっ、じゃあダルマの販売だけ？」

「そう。町の広報に載ってたわよ。新型コロナ感染防止のためって」

「……そうか。第三波真っ盛《ざか》りだもんなぁ」

宗圭はまもなく路肩に逸《そ》れて車を停め、往来の少ない公道でUターンして復興住宅への坂道を上った。傾きかけて濃密になった陽の光が同じ形の無数のガラス窓に反射し、いつもながら宗圭は十字路を一つ間違えてもう一周廻ってから爺の家に辿り着いた。

「だけど、朝根本さんと来たときは何も言ってなかったよなぁ」

車のキーを抜きながら宗圭が呟くと、千香はすぐに振り向いてマスクを両手で準備しながら言った。

「でもなんか、爺いつもより喋らなかったんじゃない？　やっぱり気落ちしてるんじゃないのかなぁ。……だけど余裕で蜜柑食べてたしなぁ。あれは余裕じゃないのかしら」

ドアフォンを二回押したが返事はなかった。が、仮設住宅の頃から乗っているブルーのプリウスは駐車場に収まっている。宗圭はもう一度ドアフォンを押し、何げなくドアの把手を引いてみると、開いた。何度も来たことのある家ではあったが、そのときドアの隙間から見えた光景はちょっとショックだった。

真っ直ぐ目に飛び込んできたのは奥の部屋に据えてある大画面のテレビで、その手前の絨毯と板の間には、ありとあらゆると言いたいくらい物が散乱していた。古新聞に茶碗にティッシュボックス、帽子にダンボールに青いポリバケツ、玄関に置かれた蓋の開いた漬物樽に至るまで、何の規則性も合理性も感じさせない様子でいろんな物が散らばっているのだった。寒々した左奥の台所も片付いているとは見えなかった。

奥の部屋の左端にソファに凭《もた》れる爺の横顔が見えた。光の届かないその顔にはテレビ画面の色が明滅し、半開きの口には数少ない歯がまるで焼け跡の柱のように不規則に残っている。失礼な言い方だが、それはまるで亡霊のようだった。

千香を手招きしてその様子を見せ、宗圭は三段ほどのステップを先に降りて家の周囲の雪を踏み、竹林号に近づいた。たぶんその雪踏みがいけなかったのだろう、千香が車に戻るまえに玄関のドアが開き、薄汚れたマスクを着けた猪狩の爺が顔を出した。

「ああ、和尚さん達でねぇが。テレビの音でピンポン聞こえながったんだな。……なんだい、まず上がってお茶でもどうだい」

「いや、これから行くところがあるし、ちょっと近くまで来たんで寄ってみただけなんですよ」

爺はマスクと寒風のせいか、魂を取り戻したかに見えたが、さすがに今見た状況でお茶が飲めるとは思えなかった。

「千香先生もお揃いで、……お買い物がな」

爺は千香にも笑いかけたが、千香は笑顔で頷いてから言った。

「今度のダルマ市、火男おどりもできないんでしょう。だからがっくりきてるんじゃないかと思って……。ちょっと寄ってみたの」

なんだか奇妙な緊張が爺の目に走ったような気がした。サンダルを履いて出て来た爺は後ろ手にドアを閉め、「おおさっぷ」と呟いてから二人を交互に見て言った。

「オレァ踊っつぉ。いや、オレじゃなぐなって踊っからね」

宗圭も千香も、家の中の様子に気圧されていたせいか、曖昧に笑うことしかできなかった。車に乗り込み、走りだしてからも、「中止になったの知らないのかな。わかったらショックだろうね」と千香が言い、宗圭も自分がさっきまで知らなかっただけに、そういうことかと思うだけだった。

車中の話題はそれ以後、もっぱら爺の生活の変化のことになった。共に避難し、仮設住宅でも一緒に暮らしていた奥さんは、復興住宅に越すまえに脳梗塞で入院し、退院後は息子さんの建てた家に同居することになった。むろん爺も一緒にと誘われたのだが、「嫌だ」と言って断ったらしい。爺は理由を聞かせてくれなかったが、弥一さんの家から遠くなることもその要因の一つだったのだろう。

越した直後の復興住宅は、物は多かったけれどもっと片付いており、爺はそこから定期的に「おかめ」さんを息子宅へ訪ね、弥一さんのところにも通っていたものだった。コロナでどちらにも行きにくくなったことも大きな変化に違いなかった。

いつだったか猪狩の爺に、千香が「歯医者さんは行かないの」と訊いたことがあるらしい。

「今はインプラントもあるし、入れ歯だってあったほうが肩こりもしないんですってよ」と。すると、岩手県に行ってきたからと土産の四合瓶を千香に手渡した爺は、即座に玄関で火男おどりの手振りを真似し、「これしてれば肩なんて凝らねよ」と笑ったあとで、真顔で言ったそうだ。

「今は仮の暮らしだがらなぁ」

「そうそう、仮の暮らしだって、よく言ってたよね」と宗圭も運転しながら頷く。だから爺は、どこか土地を借りて耕す気にもならないし、家の周りの草を毟《むし》る気にもならないんだって。そうか、仮の暮らしだから、歯の治療も先延ばしなんだ……。

「爺が一家で住んでた家は、そりゃあ立派なんだよ」

宗圭は、震災後三年ほど経って爺に案内され、僧侶仲間で訪ねた豪壮な家を憶いだした。

「鴨居には先祖たちの写真がずらっと並んでて、仏壇と神棚だけで二間はあるかな。とにかく作業小屋だって復興住宅二軒分はあるね」

その豪壮な家が毎日朽ちるに任せるしかない現状は、心の空洞がじわじわ拡がっていくようなものだろう。仮じゃない本当の生活はたぶんその家で営まれるはずなのだ。猪狩の姓は、昔それだけ猪がいた証拠だろうが、今や狩ることもできず行くたびにその被害を嘆くしかない……。

「だけどやっぱり、仮の暮らしがどんどん崩れたのはコロナからじゃないの」と千香は言う。

「そうだよなぁ、外出もしにくいし、だいいち客も来ない」

そういえば、去年は同じ復興住宅のなかで孤独死した老女がおり、発見が三日後になったことを社協の職員が悔しがっていたが、それは町でもちょっとした噂になった。

「高齢者で持病があったりすると、みんなそれだけで行くのを避けちゃうんだから、……そうなるわよね」

「爺のところにも、正月だっていうのに孫は来ないし、集会場での催しだって中止だろ」

息子や娘はときどき来ては重い物を運んだり掃除したり、いろんな手伝いをしていたようだが、あるいはこれを機会に同居を、と思えば逆に来るのを控えて困るのを待つ手もあるか……。いや、彼ら自身コロナ禍での自粛にひたすら努めているだけなのかもしれない。

仮の暮らしでしかも誰も来ないとなれば、仮の家があああなるのも無理はない。それが二人の車中での結論だった。夕方から降りだした雪は夜になっても降り止まず、宗圭は千香の作ってくれたシチューを食べながら猪狩の爺の「孤食」を想った。いったい、なに食べてるんだろう……。

ダルマ市の当日は寒いけれど上天気だった。

宗圭はこの町に住んでほぼ七年、千香は六年になるが、これまでダルマ市には一度だけ一緒に出かけた。通りの両側に出店が犇《ひし》めき、真冬とは思えぬ賑わいだったのを覚えている。

広報を確かめると、今年は町のホールの駐車場で「デコ屋敷」によるダルマの販売と古ダルマの回収のみが行なわれ、飲食その他の露店や「ひょっとこ祝い踊り」は実施しないと太文字で書いてあった。

「今度の正月はダルマ市に行ってみようか」

そう言って千香を誘ったのは十二月の初め、まだ猪狩の爺が「火男おどり」にデビューすると思っていた頃のことだが、この日、昼ご飯を済ませてしばらくすると、千香がダウンジャケットを羽織りながら「行ってみようか」と言った。

「踊れなくても、きっと爺も来てるんじゃない」

「……嘆きを聞いてあげようか」

そう言い合って出かけることにした。

ホール前はすでに結構な人出で、みなマスク姿でダルマやマサル、干支の張り子人形などを見比べて買い求めている。ダルマには七種類の大きさがあり、この町では小さなダルマから買いはじめて年ごとに大きくしていき、最大四十センチほどのダルマまで行ったら翌年は最小のダルマに戻るらしい。神棚に七つ並べる家と八つ目も置く家とがあり、宗圭は一度檀家さんから「どっちが正しいんだい」と訊かれたことがある。もとよりこの町の習慣だし知るよしもなく、ただ禅宗の初祖菩提達磨の「七転び八起き」、七回目の毒殺で死んだかに見えた達磨が生き返ったというエピソードを話し、「八つあったほうが縁起はよさそうですね」と答えただけだった。

恵比寿屋、大黒屋、布袋屋、弁天堂など、七福神に因んだ屋号の店が並ぶ。それぞれダルマの顔や模様が微妙に違っていて面白い。また今年は、同じダルマの型で「アマビエ」も作られ、カラフルな可愛い守り神として人気のようだった。

人が次第に増えてきているようだが、冬装備にしかもマスクのため群衆は群衆のまま。挨拶も殆んど不要で気が楽だった。

一番奥の店で勇ましいダルマの目を睨んでいると、「あ、和尚さんがい?」と声がかかった。「あぁ、弥一さん」。下瞼のラインが「おかめ」のように上向きに湾曲した特徴のある目だった。じつは弥一さんは元朝の坐禅会に毎年来ており、その剛毅な坐相は明らかに経験者だと判り、一目も二目も置いていた。

「今年は踊りがなくて残念ですね」

宗圭が正直な感想を口にすると、背後で千香も「残念ですぅ」と言いつつお辞儀した。「あ、奥さんもがい、踊りはしょうがねぇない、今年は。……あ、これ持ってぎんせ」

そう言って特大のダルマを一つ差し出し、すぐに白いポリ袋に入れようとする。「ダメですよ、縁起物なんだから、買いますよ」「いや、いいがら、ほら」。千香も財布を出したが向こうは弥一さんの奥さんや娘さんまで加わり、押し問答になった。そのときだった。

聞き覚えのある南部民謡「俵積み唄」が大音量で鳴り響いた。和太鼓ではなくドラムが響き、津軽三味線と金管楽器がポップな曲調を奏でる。見ると信号のある十字路のほうから、ラジカセを持った三人組が現れた。ラジカセを地面に置いた火男面の口許を見て、猪狩の爺だとすぐに判った。

駐車場にいた人々はざわめきながらもいつしか緩い円形になって三人を囲み、店でダルマを選んでいた客たちもその円のほうに近づいていく。交差点界隈にいた警官が三人ほど近づいて相談していた。

「なんだ、今年もあったんだ」

群衆からはそんな声も聞こえた。しかし「なんだこれ」と怪しむ声もあがり、ともかく皆の目は駐車場の中央部に集まっていった。

「猪狩さんと、……あとの二人は誰ですか」

宗圭は弥一さんに訊いてみた。弥一さんは「あらららら」と巻き舌で驚いたますぐには答えない。「こらまいったなぁ」と額に手を当てて黙ってしまった。

やがてまずは古典的な音楽が流れ、恵比寿と大黒がそれぞれ鯛と打ち出の小槌を持ち、派手な金襴の衣装で舞いだした。あまりうまいとは思えなかったが、大袈裟に跳びはねるたびに周囲の人々は拍手し、一緒に足踏みする子供たちもいた。

午後の日差しが金襴の上下に反射して掛け合いの動きを大きく見せる。そして二人並んで踊る段になってようやく弥一さんが言った。

「あれは猪狩さんが連れてきた、復興住宅の人だわい」

「………」

やっぱり……。

まもなく二人が深々とお辞儀し、反転して四方に最敬礼すると、音楽はさっきの賑やかな「俵積み唄」に替わった。歌うのは男性民謡歌手だろうか、艶やかで力強い声が冬の空に響き渡る。

普段は満腹のライオンのように緩慢に見える爺だが、踊りはじめると思いがけず敏捷な動きで年を感じさせなかった。派手なパッチに野良着を羽織り、その襟や袖を噛んだり摑んだりしながら手脚が予想外のほうへ動く。なにより口を開けるたびに欠け残った数本の歯が見え、それが大きな笑いを誘うのだった。

三人の警官と役場の職員らしい男がマスクを着けたまま顔を寄せ、なにやら相談していたが、また少し離れて傍観を続けた。どんなふうにこの事態を理解したのかはわからないが、まぁ目出度い日だし、皆も喜んでいるし……、という判断だろう。

火男は原発の火を忘れ、百姓だったという代々の先祖たちと共に踊りだす。米を炊く竈《かまど》の火を守る火男になるのだ。そして大黒さまの力を借りて俵倉に俵を積み、恵比寿さまから授かった魚も気前よく皆に振る舞う。二柱の神と人々との間を嬉々としてとりもつのがこの場での火男だ。新型コロナウイルスも火と神々の力でなんとかなるさ……。火男は歓喜して踊りながら、そう訴えているように見えた。

まもなく三人は大黒さまの足許にあった袋を分け持ち、踊りながら移動して中の餅を配りはじめた。両膝を曲げ、首を傾げて子供や年寄りたちに手渡し、時には中空に放ったりもする。

宗圭はあらためて「俵積み唄」を聞き、三人の踊り歩く姿を眺めるうちに、はっきり確信した。あの百万円は猪狩の爺が賽銭箱に入れたのだ。見晴神社の小さな末社はたしか大国主命を祀っていた。大黒さまといつしか習合してしまった本地《ほんじ》の神さまだ。

お賽銭はこの火男おどりをコロナ禍でも踊るという祈願だったのかもしれないし、どうあっても踊ると決めていた以上、前もっての「お礼参り」だったのかもしれない。しかも爺は小さな神社でのその「事件」で、コロナ禍でも何人もの人に会うことができた。神社総代の根本さんが訪ねてくることも予測していただろうし、一緒にお寺にも来た。恵比寿・大黒との打合せや稽古もあっただろうし、餅の準備も、きっと故郷でできた餅米を町のお菓子屋などに運んで頼んだのだろう。爺はなにより昔のようにいろんな人に会い、話がしたかったのだ。衣装代や二人の出演料も発生しているとすれば、爺はおそらく百五十万円以上かけて、コロナ禍での仮の暮らしの充実を図ったのではなかっただろうか……。

大きなダルマの入ったポリ袋を手に提げ、宗圭は人混みを分けて弥一さんの店を離れた。今しがた宗圭から話を聞いた千香が、手袋を着けた右手で頭を押さえながら近づいてくる。

「……そうなのかなぁ、……ほんとに？」

「そりゃあ、わかんないけど」

皆の拍手に包まれてお辞儀を繰り返し、体から湯気を立ちのぼらせてラジカセを取りに来た爺は、いつのまにか面の口許をマスクで覆っていた。宗圭は派手な野良着で蹲踞《そんきょ》する爺に拍手しながら近づき、踊りを讃えてから訊いてみた。

「あのお賽銭は、……猪狩さんですよね」

しかし爺は立ち上がって首を傾げ、面もマスクも外さずに火男の仕草で両手を交差させ、更に右手を横に振り動かしてから、もう一度首を反対側に傾げた。

恵比寿・大黒に誘《いざな》われ、爺は火男のまま雪の残った路地のほうへ去って行った。宗圭の確信は揺らがなかったが、やがて人々のざわめきに包まれながら、マスクの中で下唇を噛んだ。二度と口にはするまい。そう思った。

うんたらかんまん

苔むした石段を登りつめて堂内の像の前に立つと、玄証はこれまで自分はいったいどこにいたのだろうと思った。キャリーバッグを横向きに置き、古びた畳に頽《くずお》れるように坐り込んだが、その動きの最中にも目が離せない、というより、むしろ像のほうからじっと見詰められている気がした。

★

薄暗がりの中で金色の右目が大きく見開かれ、左目はさらに濃い金泥で疑い深く眇《すが》めている。右手には金の剝げた剣を握り、左手には捕縛のための羂索《けんじゃく》があった。どんな悪をも見逃さず、縄で引っ張り上げてでも仏道へ導くという不動明王……。後背の紅い炎は厨子の四角い闇に溶け込んでいた。

「よく来たな」

しばらく見続けていると、明王はそう語りかけるようだった。

玄証はやがて挨拶代わりに真言を唱えた。

のうまく さんまんだ ばぁざらだんせんだ まぁかるぅしゃだぁ そわたやぁ うんたらたぁ かんまん

繰り返すうちに声は次第に大きくなり、姿勢も調ってくる。しかし姿勢とは裏腹に、憶いだされるのは痩せ細った父の寂しい死に顔だった。父は子供時代に遊んだという寺について、あまりになにも語らないまま逝った。御真言も最後の部分だけを、しかも間違えて覚えたまま「うんたらかんまん」と繰り返していた。

玄証はべつに探し求めていたわけでも逃げ隠れしていたわけでもないが、ようやくここに辿り着いた、……そう思った。これまでいったいどこにいたのか、そう問いかけたのは、不動明王ではなく、五年前に死んだ父なのかもしれなかった。

父の死後、玄証はその故郷らしい福島県に来て除染作業に従事した。そしてたまたま玄信という真言宗の僧侶に出逢ったからこそ、京都の御山で修行し、曲がりなりにも僧籍をもった今の玄証になった。偶然としか思えないその流れのどこを欠いても、いま自分がここにいることは考えられないことだった。

止《とど》めは正月明けに御山に届いた手紙……。田能村伝一と名乗る人物の書き慣れた筆文字の便りだった。玄証はいったい何度読み返したことだろう。自らを御朱印番と称する田能村氏は、「貴方と因縁も深いこの寺に」、玄証を「是非ともお迎えしたい」と書いてきた。「因縁」とは父の子供時代のことかと察したが、田能村はいったいどうやって玄証の居場所を知ったのか。また「お迎えしたい」とはどういうことなのか。普通に考えれば「住職として」ということだろうが、そうは書いてない。むろん会ったこともない修行僧に初めからそんな書き方をするはずもなく、あれこれ考えるものの結局は練達の筆に臆して気楽に返事も書けず、疑心暗鬼のままに日は過ぎていった。そして玄証はとうとう行明けの今朝を待って御山を下り、東京で乗り換えるとそのまままっすぐこの山に向かってきたのだ。最寄り駅から二時間ちかく歩いた疲れがじわりと下半身に澱んでいた。正坐で足首に触れる白衣の裾が雪に濡れて冷たかった。

真言を二十一遍唱え終わり、キャリーバッグの把手を持ち上げて開け放たれたお堂の浜縁に出た。左手の林の隙間から真紅の夕空が見え、境内を覆う五センチほどの雪もピンクに染まっていた。右手には閉じられた毘沙門堂も紫色に佇んでいる。うねるような風音が山の下のほうから聞こえた。

見事な杉の古木の間の石段を一気に登りつめ、本堂らしき建物に入ったのだが、庫裡《くり》はおそらく石段の途中、左手に見えた古い学校風の建物だろう。住職がいるのかどうか、いや、田能村氏さえいるかどうかわからないが、とにかく今はそこに行ってみるしかない。

玄証はもう一度不動明王を振り返り、キャリーバッグを下に置いて合掌礼拝《らいはい》した。山頂の夕暮れは真紅やピンクという暖色を裏切るように寒く、礼拝と同時にふいに首筋に悪寒を感じた。

◆

田能村伝一はファンヒーターの音のなかに、微かだがマントラの響きを聞いたような気がした。窓辺に寄ると風で杉の枝葉が揺れている。「風か」と呟いて机に戻り、また河灌頂《かわかんじょう》を刷る作業に戻った。

河灌頂とは、その昔お釈迦さまが成道《じょうどう》前に尼連禅河《にれんぜんが》に身を浸した故事にちなみ、「南無釈迦牟尼仏」と刷った経木を河に流して自らの再生と先祖の供養を願うものらしい。むろん今では河に流すことはできず、お彼岸やお盆前に百軒ほどの檀家に経木を配り、期間が済んだら庭先で燃やしてくれるよう頼んでいる。住職がおらず、墓地も寺の周囲にないこの不動院にとっては、河灌頂代が殆んど唯一にちかい定期収入だった。長年印刷所に勤めた伝一の退職金が目減りしていく現状では、これも春彼岸まえの欠かせぬ作業なのだ。

再開後の一枚目を版木と馬楝《バレン》で刷り終えたとき、伝一の耳はたしかにまたマントラを捉えた。この頃は冬でも御朱印目当てに山を登ってくる人たちがいる。たまにはマントラを唱える通もいるのだが……、伝一はまた立ち上がって窓際へ行った。枯れた紫陽花の間から念のため駐車場を覗き見たが、駐まっているのは自分が今朝乗ってきた白いインプレッサだけだった。冬場に歩いてこの山に登る物好きもおるまい……、そう思った途端、伝一はふいにあいつの息子のことを憶いだした。

思いついてしまうと、なるほどその声は遠いけれど朗々と響き、僧侶ならではの発声とも思えて俄かに落ち着かなくなった。

しかし手紙の返事は来なかったし、まさか黙って来ることもあるまい、そう思ったが、どうせまもなく本堂を閉門する四時になる。伝一は寺務所の机の抽斗《ひきだし》から木札つきの鍵を取りだし、念のためマスクも作務着のポケットに入れて長靴で外に出た。古いガラス戸を開けて寒気の中に歩み出ると、露出した首筋に悪寒が走り、足許の石で滑りかけた。

古希を過ぎた身に冬の御山番は堪える。伝一はあらためてあいつの息子に出した手紙を憶いだし、少しあっさり書きすぎたことを悔やんだ。あれでは何のことかわからず、こんな山奥まで来る気にはならないだろう……。

暗い本参道に出ると下のほうで杉の枝から雪が落ち、御山全体の静寂が際だった。マントラの響きはもう聞こえず、さっきのも空耳かと疑った。

先代住職の妹の息子として、伝一は長年この寺の維持管理に協力してきた。むろん形のうえでは責任役員からの依頼で、ということだが、現実にはすっかり任され、彼らの指示を受けることはない。その代わり手当も貰わなかった。

印刷所に勤めていた頃は毎週末に車で掃除に通い、庭木の剪定《せんてい》などもおおかた独りでやった。

御朱印を書くようになると結構これが好評で、インターネットに載せる人もいて週末には必ず参拝者が来るようになった。その拝観料も御朱印代もすべて寺に寄附したから、妻の房江は呆れていた。しかし房江にとっても、義母の実家に当たる寺なのだし、諦めてはいただろう。書体を工夫して書いた御朱印も含め、孫娘がお寺のサイトを立ち上げてくれたのは嬉しかった。このときは材木屋を営む筆頭責任役員も喜び、ネット上で一緒に眺めたが、自然石上に造られた江戸時代の鐘楼、本堂である不動堂、義経が訪れたという毘沙門堂なども見事で、それぞれ青空を背景に撮した鮮やかな写真が載せられていた。さすが県内有数の古刹、アクセスも観光客もじわじわ増えていった。

当時会社では主に紙を切断する単調な仕事をしていたせいか、伝一は巨きな山や植物の手入れ、御朱印客相手の覚束ない仕事にも存外楽しみを感じていた。しかし会社を退職して寺に居る時間が増えてくると状況は変わった。

寺に泊まる日が増えるにつれて頻繁にあいつのことを憶いだすようになり、やがて遭ったこともないあいつの父親の顔まで浮かんできて眠れなくなることもあった。早く誰か代わりを見つけなくてはと、二年ほど前から本気で考えはじめていた。

掃除や庭掃き、落ち葉処理に剪定など、することが増えたわけではないのだが、かかる時間は確実に増え、体力の衰えは確かに感じていた。しかしそれだけでなく、いや、明らかにそれ以上に、御山へ来るたびにあいつのことばかり憶いだしてしまうのが耐えがたかった。

そうだ、探偵に頼もう。とにかくあいつの現状を知ろうと思ったのは去年の五月、先住職の命日の数日後だった、本当に偶然のことで、たまたま街で電柱に貼られたチラシが目に留まった。「探偵」の二文字の下に、「あなたのこれからをご一緒に考えます」という惹句と電話番号だけが印刷されていた。元印刷屋として、その美濃判のチラシになにか気に入るものがあったのは確かだが、なによりそれを見た時機の問題だった。先住職の命日にあまりに若い伯父の傷ましい遺影に向かって焼香し、選《よ》りにも選ってそれからほどなく奇妙なチラシを見てしまったのだ。伝一は不思議な偶然に背中を押されるように、その日の夕方には早速探偵に電話していた。

結果が判ったのはお盆過ぎだったが、それは予想以上のものだった。

依頼したのは新型コロナウイルス感染症の緊急事態宣言発令中、結果報告は第二波が収束しきれない時期だったため、探偵も伝一もマスクを着けたままで会えたのは僥倖だった。黒縁メガネで声の太いその男は、寺務所のくたびれたソファに浅く腰掛けると挨拶もそこそこにまずあいつの死を告げた。

「田能村正男は、えぇと、浦河正男になってましたが、すでに四年前に死亡しています」

伝一は両目を見開き、男が茶封筒から書類を引き出すのを凝視した。すると男は、書類を両手に抱えたまま更に驚くべきことを口にした。

「浦河は、改名ではなくて奥さんの方の姓ですが、じつはこの二人には息子が一人いましてね」

伝一は「え」と言ったまま口が利けなかった。おそらくマスクの下で、口はだらしなく開いていたことだろう。

「この息子が、なんと京都の○○院で修行中なんです」

「……修行？」

やっと小さな声で訊き返した。

「奇遇でしょ、……ここと同じ宗派なんです」

男はマスクの下で薄笑いを浮かべているに違いなかった。

「訊かれなかったことまでいろいろわかってきて、……面白い調査でしたよ」

そう言われて伝一は、すぐに探偵があの新聞記事に辿り着いたのだろうと思った。しかしマスクは人を大胆にする。

「私が知りたかった情報以外に、報酬は出せないよ」

伝一はわざと眉間に皺をよせて言ってみた。男はしばらく沈黙したあと、努めて明るい口ぶりで答えた。

「……わかってますよ。調査資料はすべてこの中に入ってますから、……こちらの口座に一週間以内に振り込んでください」

そして茶封筒の中で何かを抓《つま》み、覗き込んでいたが、やがて諦めたように目と手を放してから言った。

「どうせご存じでしょうけど、私には不要なものですから入れておきます。関連調査ですけど、サービスしておきますよ」

立ち上がった男を出口まで送りだしたとき、伝一は初めて御山じゅうがアブラゼミの蝉時雨に包まれていたことに気づいた。踏み石に立った男が蝉時雨のなかで振り向いて呟いた。

「凄いことがあったんですね、このお寺。……それで住職さんが入らないんですね」

返事を待たずに立ち去ろうとする男に、伝一は「そう単純な話じゃないよ」と反論したが、聞こえたかどうかわからない。石段を二、三段降りてまた振り向いた男は、スマホを片手に「うわっ、圏外なんだ？」と呆れたように言い捨てて去った。

それからおよそ四ヶ月後、伝一はあれこれ迷った末に京都の寺で修行中だというあいつの息子に手紙を出した。せめて寺の境内や建物を守る自分の跡継ぎがほしい、そんな気持ちは相変わらずあったが、相手が修行中の僧侶となればそれは伝一の権限を超え、法類寺院に委ねるべき事柄だった。ましてそれがあいつの息子となれば問題は更に複雑になる。しかしそうと知りつつあの手紙を勝手に出してしまったのは、やはりあいつの息子とやらに会ってみたかったのだろう。会ってどうするのか……、それは自分でもよくわからない。複雑で厄介な問題であることは直観的に感じていた。ただ、息子が僧侶、と探偵に聞いたときの動悸のようなものがいつまでも収まらず、……とにかくあいつが死んだ以上は僧侶であれ何であれ息子をこの目で確かめたい……、説明しようのない暗い欲求が、手紙を書いた自分のなかに渦巻いているのを感じた。

伝一は作務着のポケットの中で鍵を握り、長靴の足許を注意深く見ながら石段を登った。巨大な自然石の上に建つ鐘楼が右手の見上げる位置に現れた。江戸後期の木造建築の名流「蜘蛛流《くも》」の作とされ、大掃除は昨年の暮れにもしたが、梵鐘はもう数十年は撞《つ》かれていない。

と、そのとき鐘楼の横に立つ人影に気づき、伝一は慌ててポケットからマスクを取りだして着けた。近づくにつれ、相手も一旦キャリーバッグを下に置き、袂からマスクを出して着けるのが見えた。ひょろりとした頭は剃髪され、黒い法衣も明らかに僧侶のものだ。伝一は石段を登りきったところで立ち止まったまま、逆光で見えにくいその僧侶のマスク顔を遠慮もなく睨んだ。

★

鐘楼の横に立って石段のほうを覗くと、杉林に囲まれた深くて暗い穴のように見える。穴の途中で何かが蠢《うごめ》き、リズミカルな跫音《あしおと》も聞こえて、玄証はようやくそれが人だと気づいた。白いマスクを着け、灰色の作務着で近づく人影は、どうやらまっすぐ玄証を見据えている。玄証も雪の上にキャリーバッグを置き、急いでマスクを着け、次第に近づいてくる短髪のごま塩頭を見遣った。

二メートルほど手前の雪を踏んで立ち止まった男は、背筋を伸ばし、鳩尾《みぞおち》の前で叉手《さしゅ》した。玄証は思わず合掌して頭を下げながら、叉手は利き手が悪さしようとするのをもう一方の手で抑えるポーズなのだと先輩に聞いたことを憶いだした。

「やっぱり和尚さんでしたか、さっきのマントラは」

「……あ、勝手に本堂に上がらせていただきました」

互いに頭を下げあったあとで、ジャブで探るような会話。しかしおそらくお互いに、訊きたいことは決まっていた。

「もしかして、……田能村さんですか」

玄証が思い切って訊くと、男は静かに頷いた。その時点で二人の間の靄は霽《は》れたのだが、男は駄目押しの確認を忘れず、細めた目に残照を映して言った。

「浦河玄証さん、ですね」

「はい」

田能村伝一は返事を聞くとすぐに動きだした。玄証の横を通りながら「いま、本堂を閉めてしまいますから、ちょっとお待ちください」、そう言って小走りに不動堂のほうへ向かう。玄証もキャリーバッグは置いたまま後を追い、再び不動明王のいるお堂に入り、見よう見真似で一緒に昔風の板戸を閉め、閂《かんぬき》をかけた。

堂内に照明はなく、中央の入り口以外を閉め終えると周囲は真っ暗になった。一瞬、田能村の姿を見失い、玄証はあてどなく暗闇のほうに声をかけてみた。

「田能村さん、不動明王がこのお寺のご本尊、なんですね」

するとすぐ左横から声がした。

「本当は、ご本尊じゃないんですよ」

振り向くと、すぐ近くの闇の中で白いマスクが揺らめいていた。

「本当のご本尊は大日如来で太陽だから、昼間は太陽を拝めばいいって、……亡くなった住職は話してたみたいですよ」

「じゃあ、お不動さんは夜ですか、炎を背負ってますし」

「……そういう見方もあるんですかね」

「住職さんは、亡くなられたんですね」

「……ああ、……そうですよ」

玄証は忌憚なく訊いたつもりだったが、なんとなく田能村の声には滞りを感じた。弘法大師の教えに触れて以来、玄証はなにより声の響きにその人の気分を嗅ぎとるようになっていた。

だらりと両手を垂らし、鍵を揺らしながら近づいてきた田能村は、「出ましょうか」と言って何事もなかったように先に堂外に出た。

暗闇から出ると外はまだ薄明るかったが、雪の上に置いた紺色のキャリーバッグはすでに黒く沈んでいた。急速に下りはじめた夜の帳《とばり》に玄証は俄かに不安になった。

初めから饒舌ではなかったものの、先を歩く田能村はひときわ無口になり、玄証が鐘楼の下で「凄い鐘楼ですね」と言っても答えなかった。ところどころ傾いた石段に差し掛かると、降りるだけで精一杯なのか、重苦しい沈黙の澱《おり》が前を行く体から漂ってきた。耳が遠いのか、とも思ってみたが、あの真言を聞きつけたのだからそれはないだろう。玄証は行く手に庫裡らしい灯りが見えたとき、思わず後ろから声をかけてみた。

「あの、……今晩はこちらに泊めていただけるんでしょうか」

特にそれを望むわけではない。しかし他に選択肢はなく、その保証がなければいったいなんのためにここへ来たのかもわからなくなる。田能村は立ち止まってゆっくり振り向くと、小さく嗤《わら》ってから答えた。

「そりゃあ、今から歩いてどこかに行くなんて、無理ですよ。たいした食事も用意できないですが、……もちろん泊まってくださいよ」

田能村はそう言ってまた嗤ったが、玄証はマスク越しのその声にもなにか不穏な響きを感じた。

「ありがとうございます」と言って頭を下げたものの、微かな胸騒ぎが収まらなかった。


京都の御山を下りたあと、玄証は宗務所から返してもらったスマホで「不動院」を調べてみた。青空を背景にした古い伽藍の写真が美しく、不動堂や毘沙門堂、鐘楼などもかなりの年代物のようだった。また杉の古木に囲まれた参道は町の史跡名勝になっており、裏山を周遊するハイキングコースも写真入りで紹介されていた。

不動明王の写真はなかったが、代わりに半紙の中央に達筆で「不動明王」と大書された御朱印が載っていた。宝珠なのか炎なのか区別がつきにくい大きな朱印だったが、玄証はその文字が手紙と同じ筆跡であることを確認し、御朱印番・田能村伝一という名乗りようにも納得したのだった。

新幹線に乗り込んでから、念のためGoogleマップでも検索してみたが、位置情報が赤く示されるだけで、拡大しても周囲には道路以外なに一つ現れなかった。予想したとおりの山奥で、いちばん近くの聚落《しゅうらく》まで二キロはあるだろう。

もとより玄証は、自分がどこかの寺の住職になることなどこれまで考えたこともない。ただ田能村の手紙の「貴方と因縁も深いこの寺」という、その因縁が気になってやってきただけなのだ。庫裡の灯りが近づき、深閑たる静寂の中を進んでいくと、なぜか父との僅かな思い出が甦ってきた。父親とこの御山との関わりは、今も詳細はわからない。ただ目の前を歩く田能村伝一がなにか知っているのは確かで、そのことが今や玄証の負い目のように思えた。

玄証は父の顔どころか存在すら知らずに育った。生きていることがわかったのは、父が病院で亡くなる一ヶ月ほど前、……今から五年ほど前の春だった。

教えてくれたのは十八歳まで世話になっていた養護院の院長先生で、大勢の子供たちの里親、玄証にとってもいわば恩人のような存在だった。知らせてあったスマホの番号に突然電話がかかってきた。当時の玄証はむろん出家しておらず、子供の頃からの浦河峯男という名前で足立区の設備会社に勤めていた。

呼び出されて久しぶりに養護院を訪ねると、院長先生は昔よりひとまわり小さくなった顔で、昔よりむしろ慈愛に満ちた眼差しで言った。

「おぉ峯男、来たかね。……もう、いいおっさんだな」

「そりゃそうですよ、あれからもう二十五年ですよ」

「もう、そんなに経つのか……」

むろん施設を出たあとに何度も訪ねているから実際はそれほどのブランクはない。しかし二人の胸に刻まれているのは、あくまでも峯男が初めて施設を出て、クラブのボーイを始めた十八歳の頃なのだ。院長室の外の桜はその日も満開だった。思えば峯男はいつも桜の季節に旅立ち、戻ってきた気がする。クラブを辞めて居酒屋に勤めたときも、居酒屋の店員から土木作業員になるときも、そしてゴミ焼却場に勤めたときも、そのたびに院長先生の顔が見たくなり、ふらりと立ち寄るのだが、いつもどこかで桜を見てはいなかっただろうか。何にでもなれると信じていたあの頃、その気分は桜の花のもつ際限ない大らかな佇まいとも重なっていた。しかし、やがてそれはこうして院長先生と向き合えるお陰、何を生業にしようとも元気に生きていればいいと思ってもらえる、この人のお陰なのだと気づいた。

会えなかった時間をゆっくり咀嚼するように両唇を尖らせ、口ひげを上下に動かす院長先生の癖は変わらない。ただ口ひげはもう真っ白で、矍鑠《かくしやく》としてはいるが八十代後半だろう。

「じつはね」と言って院長先生はソファから身を起こし、峯男に顔を近づけた。

「峯男の父親に頼まれて……、父親はすでに死んだものと話していただろう、……じつは生きてるんだよ。……で、」

なんだか性急な調子で話しだしたが、峯男が顔をしかめて「父親？……俺のですか」と訊き返すと、院長先生は一旦黙って峯男を見つめてから言い直した。

「そうなんだ。入院してる病院から、お前に会いたいと言ってきた。……父親と一緒に、私もお前に謝らなきゃいかんが、……会ってくれるかね」

母親にも院長先生にも、父親は工事現場の事故で死んだと聞かされていたから、すぐには頭が働かなかった。母親はこの施設に五歳だった峯男を預けたまま二度と姿を現さなかった。院長先生に手をつながれ、母親を見送ったときもやはり玄関前に桜の花が散り敷いていた。

「謝るって……」

「うん。……父親が初めてここにやってきたのはお前が小学生の頃だった。……そりゃあ、これまでどおり死んでることにしてほしいと頼んだのはお前の父親じゃが、……いわば私も、そのウソに加担したわけだな」

「なんのために、ですか」

「……そのほうがお前が生きやすいと、父親は思った、私もそう思った、……そういうことなんだろうな。知らないほうがいいことも、人生にはあるっていうことかな」

院長先生はなぜか背広の襟を両手で触りながら独り言のような言い方をした。そして俄かにその両手を膝に下ろすと、「すまなかったね」と言って禿げあがった頭頂を深々と下げたのだった。

「知らないほうがいいことって、……なんですか」

峯男は恐る恐る訊いてみたが、院長先生はしばらく中空に視線を漂わせてからきっぱり言った。

「それは、私の口からは言えんよ」

そして白い口ひげを上下にゆっくり動かし、黙り込んだ。


総てが白くくすんだ部屋のなかで、日焼けの抜けかけた父親の寝顔には血の気が感じられなかった。白いカーテンで仕切られた六人部屋の窓側。……声をかける勇気も湧かず、峯男はどれくらいベッドの横に佇んでいただろう。やがて血圧と熱を測りにきた看護師が「浦河さん、浦河正男さぁん、はい血圧測りましょうね、腕をお借りしますよ」と言って遠慮なく起こしたとき、その目がふいに峯男を捉えた。「浦河さん、今日はお客さんなんですね」。若い看護師は峯男をとりなすように言ったが、父親は口をきつく閉じたまま目だけで枕許の峯男を見上げ、峯男が足許のほうに移動すると目もその動きを追いかけた。視線が自然な角度になり、表情はいくぶん和らいで見えたが、看護師は「ダメですよ浦河さん、力を抜いて、指を開いてくださいよ」と言って父親に脱力を促した。それは峯男にとっても有効な助言で、流れる血が似かよっているせいか、峯男も思わず両手を握りしめていた。

およそ三週間後に父が死んでしまうまで、峯男はわずか数回の面会ができたにすぎない。しかも最期のときは間に合わなかったから、実質は三、四回だろう。年度末が近く、設備会社が忙しかったせいもあるが、なにより峯男の中には「知らないほうがいいこと」を知らされる恐怖が、胸中に蟠《わだかま》っていた。それは自分の出自に触れる重大な機会でもあったわけだが、院長先生が遂に話さなかったことをわざわざ自分から訊きだす気にはなれなかった。

峯男の知らない時間を抱えたまま父は古池みたいに静まり、ときおり水底から湧き上がる気泡のように脈絡の見えない話をした。峯男はただ相槌を繰り返し、何気なく聞いているしかないのだが、そうしていると「御山」「かあちゃん」「お不動さん」などの言葉が耳についた。今日スマホで「不動院」を検索したときも、鮮やかな青空に映える境内写真を見ながら玄証は父の話を憶いだしていた。

どうやら父はその御山に住んでいたのではなく、しょっちゅう麓の村から「かあちゃん」と一緒に遊びに来ていたらしい。缶蹴り、メンコ、釘刺しに縄跳びなど、境内で遊ぶ相手まではよく分からなかったが、病床で幼時の思い出に浸る父はむしろ苦しそうに見えた。「かあちゃん」と目を細めて呟いたあと、父親は何度も「すみません」と付け加えた。あまりに他人行儀な「すみません」という言い方が「かあちゃん」という甘えた声にそぐわず、峯男は会ったこともない「祖母」をうまく想像できなかった。あるいは二つの言葉が別な相手に向けられていることも想像されるのだった。

また話の断片を繋いでいくと、父親が中学を卒《お》えるとすぐさま家を出て、東京方面で働きはじめたことも推察できた。南千住《みなみせんじゅ》という地名も聞こえ、そこに住んでいたかどうかは定かでないものの、峯男は父の過酷な日雇い仕事の日々を思い浮かべた。白い布団の縁をつかむ染みだらけの節張った手を見つめ、一瞬触ってみたいと思ったが、そこまでの感情は残念ながらこみ上げてこなかった。

いつ頃のことなのか、父は静岡県のトンネル工事の現場でも働いたらしい。「おら、はだらいだぞぅ」と父は初めて方言丸だしで言った。このときは珍しく両目も開いて会話も成り立ち、「一ヶ月に四十日ははだらいだな」「えぇ?」と不思議がる峯男に、父は初めて得意げな顔を見せた。「んだってトンネルん中の作業だがら、昼も夜もわがんねべ。だがら朝がら夕方まで働いで、晩ご飯食べべっちまったら、まぁだ夜勤組に従《つ》いでいぐのよ。週に三日は夜通しはだらいだもんだわ。今みでぇにうるさぐねがったしな」

父は封じ込めていたらしい方言を使ったあと、急に元気になったようにも見えた。その日は静岡の現場近くに稔っていた夏ミカンを仲間が取り、一緒に食べた経験も嬉しげに話していた。「んまがったなぁ、家ではしょっぺぇものしか食ってねぇべ、かあちゃんには饅頭やら牡丹餅もたまには作ってもらったげんちょ、甘くて酸っぺぇものなんて生まれで初めてだったもんなぁ」

横になったまま、目はしっかり峯男のほうを見据えていたが、相手が自分の息子だと知っての話なのかどうか、確信はもてなかった。

次第に譫言《うわごと》めいてくる気まぐれな思い出話は、いろんな時代が混じっているようでもあり、しかし聞きようでは子供時代の話ばかりとも思えた。確実なのは自らの父親がけっして登場しないこと……。「かあちゃん」が登場したとき、峯男は小さな声で二度「とうちゃんは?」と「祖父」に当たる人のことを訊ねてみたが、父親は焦点の合わないどろんとした目になって二度とも顔を顰《しか》め、黙ってしまった。

思えば子供時代の遊びの話も、楽しかった思い出として話されるのではなく、途中で険しい顔になって中空を睨み、やめてしまうことが多かった。また最近の生活については一切話そうとせず、やがて中空に向いたまま目を閉じ、殆んどなにも話さずに「うんたらかんまん」と繰り返すようになった。

院長先生まで巻き込んで隠そうとしたことはいつになっても明かされず、仕舞いには目の前に息子がいることを父が分かっているのかどうかさえ怪しくなった。なにより峯男が怖れながらも待ち構えていた、峯男自身の出生の頃の風景が全く語られないのだった。

たしか話ができた最後の面会のとき、父は看護師を呼んで電動ベッドを起こしてもらい、点滴のスタンドを握りしめて昂奮した声で言った。「おらぁ精一杯、真人間として生ぎできた。盗みも、殺しも、しながった。おらぁ真人間として死んでいぐぞ」。峯男は黙って頷くことしかできなかったが、看護師が点滴スタンドに伸びた父の腕をさすりながら「わかってますよ」と言うと、ひどく嬉しそうに皺だらけの両目に涙を滲ませた。迂闊なことに、峯男はそのとき初めて父親の左目がほんの少し斜視だったことに気づいた。「真人間」という奇妙な言葉と斜視の笑顔がセットで記憶され、峯男の奥深くに螺子釘《ねじくぎ》みたいに入り込んだ。

多臓器不全と聞かされていた父の病状は、桜の蕾が色づく頃に急に悪化した。病院からの電話で峯男はガスの配管現場から急行し、途中の八百屋で夏ミカンを買って駆けつけたが、すでに父親の口には脱脂綿が詰められ、夏ミカンは結局ナースセンターへの土産にするしかなかった。

父の遺骨を持ったまま本籍のある福島県に向かった時点で、峯男は除染作業員に応募し、契約社員としての内諾を受けていた。勤めていた設備会社に特別な不満があったわけではないが、火葬場で父の遺骨を受け取ると、なんとなく潮時を感じた。もともと転職が多く、同じ職場が二年以上続くことは滅多になかったが、同じアパートに父親の遺骨を置いて同じ仕事を続ける気にはならなかった。格好よく言えば、せめて転職くらいしたほうが父親の「死に甲斐」にもなりそうな気がした。

遺骨は福島に……、強いてそう思っていたわけではない。他に墓地の当てがなく、父方の先祖の見当もつかなかったからだが、除染の会社に顔を出すとすぐに宿舎があてがわれ、冷蔵庫の上に祀って毎朝晩線香をあげた。父に呼ばれて福島県の除染に来たような気がした。宿舎と週払いのお金を求める人々は全国から幅広い年代で集まっており、なぜか父も、少しまえまでどこかの除染現場にいたのではないかと思った。

やがて玄信和尚と出逢い、お骨を預かってもらうだけでなく、荷物や車まで預けて出家することになったわけだが、峯男には院長先生の言った「知らないほうがいいこと」がずっと気になっていた。出家して修行に行き、玄証として生まれ変わったつもりではいても、自分とこの寺の「深い因縁」に惹かれてやってきたのは、やはり二人が隠しつづけた何かを知りたいからだ。玄証になった今ならば、知ってもかまわない……、いや、知る責任があるような気がした。

お大師様は「秘密」という言葉を特別な意味合いで使った。誰が隠さなくとも知りようのない「秘密」で此の世は充ちている。あえて隠すべき秘密などそうはないはずなのだ。

黙ったまま先を行く田能村伝一に従いてゆくと、やがて玄証は古い磨りガラスの玄関に着いた。長い歴史を経てきた建物だけに、土間や下駄箱ばかりでなく、放置された古い下駄や唐傘、孟宗竹の花瓶などにも、小さな秘密が無数に潜んでいるようだった。

◆

暗くなるとガラス戸が一気に鏡のようになって落ち着かない。それはいつものことだが、今日はその落ち着かない空間に見慣れぬマスク姿の僧侶がいる。寺に僧侶がいてもなんら不思議はないはずだが、伝一の気分は不穏だった。それは長年馴れた「ひとり」を乱す存在だし、正直に言えば自分で招いておきながらどう扱ったものか心が定まらなかった。

ひとまず床の間のある奥の間に案内してファンヒーターを点け、荷物を解いて風呂にでも入るようにと勧めたが、伝一が台所に戻るとまもなく作務着に着替えてやってきた。

「なにかお手伝いさせてください」

むろんマスクは着けたまま、頭には白いタオルを巻いていた。

「じゃあ、お願いするかな」

そうだ、素直に相手の出方に応じればいい。そう思って伝一はまず風呂の洗い方と焚き方を説明し、それから台所でもネギを洗って刻むよう頼んだ。「ひとり」なら着けないマスクは息苦しかったが、表情を読まれない安心感もあり、また相手の微細な表情の変化を見ないで済むのも気楽だった。

玄証は動きだすと屈託なく、山の水をポンプアップした蛇口からの水をつかのまマスクを外して口に含み、「旨い水ですね」「あったかい」と呟きながらまたマスクを戻し、ネギを洗う。刻み方も見事だった。「うまいね、包丁」と言うと、「ありがとうございます」と素直に喜び、道場ではなく、養護院の院長先生の奥さんに習ったのだと照れながら話した。

特異な身の上に関わる話は聞き流し、伝一はまず湯掻いたうどんを水に晒し、買い込んできたニラと卵でニラ玉を作った。その間にも大根を洗って下ろしてもらい、一人用のうどんとニラ玉の予定を変更して二人分のうどんすきの準備をした。ニンジンや白菜、シイタケを刻み、明日食べる予定だった豆腐も皿に盛り付け、伝一はようやく手を洗いながら言った。

「風呂、沸いたはずだから、入ってもらおうかなぁ」

一度は先に入ることを遠慮した玄証だったが、二度は断らず「はい」と答えて奥へと向かった。

急がず慌てず寡黙に動く僧侶はすでに四十代半ばだろうか。もしマスクがなければ、伝一はおそらくこの僧侶への好意的な感情を隠しきれなかったことだろう。いや逆に……、あいつを憶いだして冷静ではいられないだろうか。

「ひとり」のときは台所に近い寺務所の机でテレビを視ながら食べるのだが、伝一は久しぶりに居間の電灯を点け、懐かしい卓袱台《ちゃぶだい》に夕食の支度をした。そういえば昔母親と一緒に寺に来ると、従兄弟《いとこ》も含めた伯父たち一家と食事をしたのもこの部屋だった。ポータブルのガスコンロを運び、台所の戸棚の奥に仕舞われていた土鍋をセットしていると、まるで建物の隅々に滞っていた血流が戻るようだった。しかしそれは同時に、薄れていた記憶の全体を俄かに甦らせもした。そう、その食事の場にあいつはいなかった。そしてあいつが現れたときにはすでに伯父たち一家はその団欒諸共に消えていたのだ。すべてはあいつの父親、つまりいま暢気に風呂に入っているあの男の祖父のせいなのだ……。

★

風呂ほど無防備な場所はない。しかもこの寺の風呂は妙に落ち着かなかった。昔ながらの湯殿という風情の広い空間に、不似合いな水色のバスタブ。外に面した窓は昔の吹きガラスのため、裸電球が乱反射する。ガラス窓の向こうには冬の庭木が黒く佇み、ときおり雪の落ちる音に思わず振り向いた。

体を洗い終えて湯船に浸ると、それでも玄証は全身が温もる心地よさに包まれた。思えばここまで雪道を歩くうちにも、手指や足先は冷え切っていた。

玄証はなぜか御山での「破地獄行」を憶いだした。満了後に皆で入り、感激した風呂の記憶のせいだろうか。

山頂までの峰入りの途中、先達役の先輩が苔むした巨大な岩の前で告げた。「罪業多ければ石動かず、石の重さは罪の重さ」。大型のベッド以上の巨きな岩だから到底持ち上がるはずもない。しかし白と黄色の略浄衣に身を包んだ修行者たちは一人ずつ大岩に両手をかけ、全身に力を込めて本気で持ち上げようとする。そして各自がやっぱり無駄だと悟ったあとで「不殺生戒」「不妄語戒」などが授けられたのである。知らずに犯した殺生や妄語のせいで、この巨大な岩が持ち上がらないという理屈らしかった。その後、大地に跪《ひざまず》き、先達がよしと言うまで懺悔文《さんげもん》と岩への礼拝を繰り返す。地面の霜で手先がかじかむにつれて、無数の先祖たちの罪が我が身にも確かに及んでいると思えてくるのだった。

また「破地獄行」では、金剛杖を使った「修羅道」の修行というのもあった。山の中腹の平地で二人ずつ向き合い、お互いの金剛杖二本で体を挟み込むようにして立つ。先達が「杖を押せ」と言うから、自らはバランスを崩さず、相手を倒すのかと思ったらそうではないと言う。「これは闘争心を滅する修行だ。修羅道解脱という。相手を負かそうという心が起こったら、すぐにやめなければならん」。しかし押し合いを始めると、驚くほどすぐに相手を倒そうという気になってくる。杖のせいではあるにしても、なにより我が身に潜む本能的な闘争心の強さに怖れをなした。ただ注意して力を抜き、お互い狎《な》れあうようにゆったり押し合っていると、今度は驚くほど穏やかな気分になってくるのもまた不思議だった。

そう。玄証自身、こうした行を終えたあとに田能村からの手紙を受け取ったからこそ、この山へ来る気になったのだと思う。

院長先生と父親が、頑なに秘匿しつづけたこととは何なのか。それはきっと、田能村が「因縁」と書いたことにも重なるのだろう。はたして自分は、それを知ることに耐えられるのか……、「破地獄行」のように、無事に満了して風呂に浸れるのか……、そんなことを考えていると、玄証は湯船に浸ったままで鳥肌が立ってきた。生まれて初めての経験だった。

それにしても、田能村の側にいるとあの人じしん揺れているのがよくわかる。揺れているというより、表層と深層か……。明るく軽い波の奥底の、容易には動きそうにない重く暗い澱み……。深層水がときおり水面に溢れるような……、あるいはふいに金剛杖を押し込んできそうな、密かな修羅の風情をときおり感じた。しかもそれは、玄証が時に自分のなかにも感じる暗い蠢きだった。

そそくさと上がって体を拭きながら、玄証は脱衣所の棚に昔懐かしいものを見つけた。養護院の風呂にも置いてあったものだが、ブリキ製の赤い金魚だった。古びた木桶から覗いた金魚の頭をつまむと、下には同じようなアヒルと亀が無造作に入れてあった。

一瞬、この寺に子供たちのいた賑やかな時代を想ったが、深くは考えず急いで奥の間に行き、迷った末にやはりマスクを着けて台所のほうへ戻った。

◆

「お先に頂戴しました。ありがとうございます」

マスクを着けたまま玄証が長身を折り曲げると、伝一は「ほぅい」と答えて居間を指さした。

「そっちの部屋で食べましょうか」

「はい。……あの、田能村さん、お風呂は？」

「ああ、儂《わし》は寝るまえがいいんだ」

「そうなんですか、……すみません」

すでにガスコンロも土鍋も材料も、器も箸も運んであった。伝一は台所の椅子に腰掛け、家から持参した新聞を読んでいたのだが、すぐに立ち上がって冷蔵庫の缶ビールを取り出し、両手に一本ずつ持って居間へ移動した。

コンロの火を点けて菜箸を持つと、玄証が長い腕をかざして「私がしましょう」と言うので箸を渡した。伝一は缶ビールのプルタブを引いてマスクを外した。

「さすがにマスクじゃ、飲めないし食べられない」

二人とも笑いながらマスクを外したのだが、それはおそらく双方にとって相当に緊張する瞬間だった。ビールを注ぎあいながら湯気越しにすかさず相手の鼻や口許を観察する。どうしても伝一は、記憶のなかのあいつと比べていた。

ほぼまっすぐ伸びた鼻梁と、小さめだが硬く閉じられ、やや「への字」加減の引き締まった唇……。鼻と顎の硬いラインがなんとなく似ているとは思ったが、目や唇の印象はずいぶん違っていた。あまり昔のことで確証はもてないが、唯一似ていそうな直線的な鼻でさえ、あいつの顔ではもっと愚鈍そうに見えていた。造化の神はおそらく母親の風貌を絶妙なバランスで混ぜ込んだのだ。

ビールのグラスを宙に掲げ、伝一は黙って飲みだした。玄証も一口飲んだがすぐに菜箸を持ち、野菜や豆腐を鍋に入れる。

「よく、来てくれましたね」

伝一が言うと、玄証は微かに笑って頷いたが、すぐに豆腐を器に抓み入れて伝一に渡した。鍋に没頭しているようでもあり、なにかに怯えているようにも見えた。

おそらく道場での食事は、一切無言でなされるのだろう。そう思った伝一はその後は話しかけず、自分でも菜箸を使い、白菜や椎茸を玄証の器にも入れ、頃合いを見てうどんもまとめて入れた。

男が二人、黙って向き合ったまま鍋をつつき、うどんを啜る。それは今の伝一にとって異様な光景ではあったが、懐かしくもあった。この寺で生まれ、麓の農家に嫁いだ母親は、食事中に話すことを頑なに禁じていた。そういえばあいつとも、食事中だけは休戦だったのを憶いだす。むろんこの寺に母と三人で遊びに来ても、食事中だけは厳粛だった。「天地の恩、野菜やお米の恩を想いなさい」と母はしょっちゅう言ったが、当時は黙って食べるだけで精一杯だった。そしてなにより伝一にとっては、お寺の一家が誰もいなくなり、代わりにそこで三人が掃除したり食事をしている事態そのものがうまく呑み込めていなかった。

ふと窓辺を見ると、蛍光灯を乱反射させたガラスの向こうに月明かりが感じられ、梟《ふくろう》の鳴く声がした。まるで笑ったあとで威嚇するようなその声に玄証は振り向き、「あれは?」と訊いた。

「梟じゃな」

「……梟、ですか」

それが食事中の唯一の会話だった。マスク会食のように、ニラ玉を食べ終えた玄証は当然のようにまたマスクを着けた。伝一も残りのビールを呷《あお》るとおもむろにその口をマスクで覆った。じっと伝一を見つめる玄証の目に力が籠もり、伝一はようやく話す覚悟を決めて正坐になった。

★

梟の鳴き声がまた聞こえた。「ホッホー、ギャー」。まるで二種類の別な生き物のようだ。伝一がガスコンロの火を止めると辺りは一気に鎮まり、結露で曇った窓に月の光が差していた。

「あなたのような息子さんがいるとはね、……驚きましたよ」

マスクの上で目を細め、伝一が言った。玄証は「何が驚きなのか」「どうして自分のことを知ったのか」といった反射的な疑問を喉元で呑み込み、冷静に答えた。

「父のことを、よくご存じなんですね」

それが聞きたくて自分はここに居るのだと思った。

「本当によく知っているか、というと心許ないですが、……儂らは事実上、兄弟として育ったんですよ」

「……兄弟？」

「そうです。田能村伝一と、その弟、田能村正男ですな。二つ違いでした。おそらく、なにも聞いてはいないんでしょうね」

玄証は思わず目を見開いたまま頷いた。

「え。……しかし」

「ええ。姓は違ってしまいました。お父さんは、中学を卒えるとこの町を出て東京に行きました。その後のことは儂もよく知らんのですが、……結婚して浦河正男になったようですね」

玄証は頷くこともできずに伝一の目をまっすぐ見た。その目に昂奮はなく、ただ平静さと強い意志とを感じた。

思えば玄証の幼時の記憶のなかに、父親はいない。母親と暮らしていたのは古びたアパートの端から二番目の部屋で、裏の窓から差す西日がやけに強烈だったのを覚えている。側の空地から西日が差し込む頃、母は毎日派手な服と甘い香りに身を包んで出かけていった。そしてもしやたっぷり西日に当たったせいかと思うほど、夜に戻ってくる母は豹変していた。嫌な匂いを発し、頻繁に知らない男を連れてきた。家から追い出された幼い峯男はまだ遠くへも行けず、何度も玄関前をうろついては近所の犬に吠えられた。

しかしそんな母親と同じ血が自分にも流れていることを、峯男はやがて働きだしたナイトクラブで早々に感じた。派手なネクタイを締め、やはり夕焼けの時間に出勤するのだが、正直に言えば茜色《あかねいろ》の空を見て妙に高揚する自分が確かにいた。五年前に病床の父親に初めて会ったときも、やつれた相貌の奥に自分の骨格を見る思いがしたものだが、母と父と、それぞれとの相似は確かに感じていた。ただ依然として二人は「両親」の体裁をなしておらず、それぞれのことも呆れるほど知らなかった。養護院があればそれでいいと考えてきたこれまでの自分を抑え、秘密に遠慮なく踏み込もうとする見慣れない今の自分……。しかし所詮、人に訊き、自分で見てわかることなど秘密ではないだろう。

「父は、この町で生まれ育ったんですか」

玄証は身を乗り出し、素直に訊いた。

「生まれたわけじゃありませんが、十五歳までは儂と同じ家で育ちました。……養蚕と葉タバコでなんとか食いつなぐ小さな農家ですよ」

「つまり、父は田能村さんの家の養子になった、ということですか」

「そういうことです。一歳半のときに我が家に来ましたから」

伝一は仰《の》け反《ぞ》るように両手を後ろの畳に着き、淡々と答える。

「このお寺は母の実家でしたから、しょっちゅう遊びに来ていたんですよ。……お寺の境内ではよく遊びました」

「……いつも二人で遊んでいたんですか」

「……そう。……ええ、二人です」

妙な間合いだった。玄証はすぐに脱衣所のブリキの玩具を憶いだした。従兄弟であれば、お寺の子供たちもさほど年は離れていないだろうに、一緒には遊ばなかったのだろうか……。病床の父の話しぶりが甦り、その最後に必ず漂うどんよりした空気を憶いだした。

「父は、どうしてこの町を出ていったんですか」

「ああ……、いわゆる集団就職ですよ。当時はまだ金の卵と呼ばれてました。儂はすでに地元の高校に通ってましたが、冬になれば父も出稼ぎに出るくらいでしたから、男の子が二人でするほど仕事があったわけじゃない。地元での就職先も多くなかったし……、その頃は普通でしたね、田舎の次男や三男の集団就職は」

集団就職……。寿司詰めの汽車で見送られる若者たちを玄証もテレビの記録映像で視たことはあった。父がどんな職場に就職したのかは知らないが、それ以後は病床での父の話につながるのだろう。父にとってはとにかく「真人間として」、罪を犯さず必死に働くだけの日々だった……。それにしても「罪を犯さず」という言葉がなにゆえ出てくるのか……。玄証の脳裡のジグソーパズルが少しずつ埋まっていく。しかしまだ全体の絵柄は見えず、見えるのが怖い気もした。

しばらくするとまた梟がさっきより近くで鳴いた。一度口を噤んだ伝一がギロリと目を剝き、再びマスクを膨らませた。

「答えになってなかったかな……。どうしてこの町を出ていったのか、でしたよね、お尋ねは。……やっぱり、儂がお父さんを虐めていたからでしょうね。……そう言ったほうが正しいだろうなぁ」

玄証は口調の変化にドキリとした。伝一の内部で急になにかが弾け、いきなり金剛杖をぐっと押し込まれたように感じた。突き刺さるようなその目に、玄証はただ顎を引いて黙った。

「正男は儂の二つ下で、当時は何をしても儂には敵わなかった。釘刺し、ビー玉、メンコ、縄跳び、いろんな遊びをしたけど、子供にとって二つの年の差はなかなか埋まらんもんです。儂もそれをいいことに正男のことを莫迦《ばか》にしつづけた。……そうするしか、仕方なかったんですよ」

伝一の開き直るような言い方が理解できなかった。いや、理解できないことだらけだ。玄証はただ金剛杖を持つ手に力を込め、じっと相手を見据えたまま、杖を手放さないだけで精一杯だった。沈黙に怯えて訊いた。

「……莫迦にして、虐めるしかなかった、というのは、……養子だから、ということですか」

相手の言葉をまとめただけだが、伝一も金剛杖を摑み直す。

「うん、まぁ、そういうことですかね。……儂自身、正男が来たときは三歳ですから、正直なところ覚えていないんですよ。たぶん最初は仲良く遊んでいたんでしょう。ところがある日、虫の居所が悪かった親父が、酔っ払って喋ってしまった。儂と正男とが台所でふざけてて、二人で親父にこっぴどく叱られたんだが、親父はそのときお袋との約束を破ってばらしてしまった。いま思えば残酷だったと思いますがね……、その後は儂じしん、あいつ、いや、正男の沈黙に怯えていたんだろうなぁ、いま思うと」

「………」

パラパラとパズルのピースが撒き散らされたのだが肝腎な部分が見えてこない。なんの表情もつくれず玄証が目だけを見据えていると、伝一は嗤うように小さな息を吐いた。

「たわいもないおふざけのつもりだったんですがね……」

そして伝一はしばらく両目を閉じてから、急に首から上を異様なほど力ませて鬼のような顔をつくった。

「これはお不動さんの真似ですよ」

そう言うと、今度はもっと本気で眉と目を左右非対称に歪ませ、両腕も不動明王らしく右の肩口と左下腹に据えて力を込めた。マスクの中の口も歪めているに違いなく、しばらくすると伝一はマスクのまま嗤って一気に顔と全身を解いた。

同調して玄証も笑うと思ったのだろうが、玄証は笑えなかった。「邪悪」とさえ見えるその顔で睨まれ、子供だった父は縮こまって「すみません」と伝一に詫びたのだろうか……。しかしいったい何を詫びるのか、伝一はなにゆえ父を虐め、何に怯えていたというのか……。おそらくそれは酔っ払った養父がばらした話に関係するのだろう。しかしどんな事情があるにせよ、伝一の仕打ちはとても「たわいもないおふざけ」とは思えなかった。

玄証は小刻みに突いてくる金剛杖を掌で滑らせて怺《こら》えた。正面に向き合って両足だけは動かさず、上半身をうねらせて相手の力をなんとか躱《かわ》す。

「父がなにか、……よほど酷いことでもしたんですか」

あくまでも単純な質問の調子で、玄証は訊いた。とにかく相手の、攻撃を習慣化させてはならない。案の定伝一は一瞬無防備な顔になり、右手で一旦マスクを押さえてから言った。

「いや、あなたのお父さんは、なにもしてませんよ。……特に酷いことをしたわけじゃない。しかし……」

そこで伝一はふいに黙り、一度天井を仰いでから言葉を接いだ。

「あなたは、本当になにも知らないというわけですな。……正男、いや、お父さんから全くなにも聞いてないんですか」

玄証は正直に父との五年前の出逢いについて話した。浦河正男は久しく死んだはずだったことも、病床で数回面会し、見送るまでに結局は重大な告白もなされず、また知り得たのは父親が子供時代に頻繁にこの御山に出入りしていたことくらいなのだ、とも。

「あ、父は何度も『かあちゃん』って、意識が混濁してからも呼びかけてました」

「ああ……。」

頷きながら聞いていた伝一は深く歎息し、静かに閉じた目をまた開いた。

「母は儂のことより遥かに正男のことを心にかけていたと思いますよ。……絶大な味方でしたからね。儂にはそれも気に入らなかった」

そう言って自嘲ぎみに嗤うと、伝一は急に憑きものが落ちたような目になり、「先に片付けしちゃいましょうか」と言って玄証に笑いかけた。玄証が「はい」と答えるのとほぼ同時に、伝一が更に言葉を重ねた。

「あの、……やっぱりばらしちゃいますよ、……いいですね」

玄証は傍らのお盆に食器を重ねながらもう一度「はい」と答えた。

「これじゃ靄の中を歩いてるみたいだ」

伝一はぼんやりと、まるで靄の中からのように呟いた。

たしかに玄証もそうは思ったが、靄が霽れた景色を直視する自信があるわけではない。菜箸や器を鍋に突っ込み、台所へ運びながら、玄証はつかのまの休戦にむしろ安堵していた。

二人で食器を洗い終わり、卓袱台に向き合って坐ると、伝一は自分のなかに俄かに加虐的な気分が目覚めるのを感じた。おそらくそれは、昔あいつに向けた酷薄な感情が記憶のとおり無修正で甦るのだろう。こいつに対する感情じゃない。そうは思ったが、あいつもこいつも一緒じゃないかという乱暴な気分がその酷薄さのなかから沁み出してくる。

◆

思えばあいつと一緒に遊んでいて、釘刺しでも縄跳びでも、あいつが何かに夢中になっている姿を見ると、伝一は耐えられなくなり、膨らんだ風船に針を刺すようなつもりで急に態度を変え、あからさまに邪険な目を向けたものだ。初めはただそれだけの、自分でも目的のよくわからない行動だったのだが、そうするとあいつはいつだって黙って目を伏せ、項垂《うなだ》れたから、伝一はあるときその顔を無理に上げさせるつもりで小声で呟いたのだ。

「サツ、ジン、キ！」

父親が酔っ払ってばらした事件のことは、けっしてもう口にしないよう母親には厳命されていた。伝一はまだ小学生だったから、そのとき父親が言った言葉の正確な意味を知っていたわけではない。「サツジン」という言葉には特にイメージが湧かず、むしろ「キ」が「鬼」だと知って刺激された。しかし言いにくいその三文字の効果は覿面《てきめん》で、正男は項垂れた顔をゆっくり引き上げて口を一文字に結び、目を血走らせて伝一を睨み返した。両手を握りしめ、歯を食いしばる様子からは、暴力を絶対に認めない母親への忠誠のようなものも感じた。

毎日同じようなことを親たちに隠れて繰り返すうちに、伝一が「キ」の口形を大袈裟に示すだけで正男は項垂れて目を逸らし、「すみません」と謝るようになった。そのうち悔しそうな顔もしなくなり、気が抜けたように謝られると、伝一は莫迦にされた気になって更にエスカレートした。顎の下に熱をもつほど「キ」の口許に力を込め、怒りの顔をつくるうち、いつしか不動明王をイメージするようになった。あんな怒りの形相を皆が拝む、それなら自分も拝まれる側だと、単純に思い込んでいた。

メンコを地面に投げつけ、相手のを裏返せば自分のものにできる。伝一は四年生の夏休みが始まってまもない頃、鐘楼近くの樫の木の下で正男とメンコをした日のことを憶いだす。カンカン照りの樫の木の根元で、大事にしていた弁慶の絵柄のメンコを正男に起こされたのだ。伝一はすぐに「反則だ!」と叫び、正男の長すぎるズボンの裾が風を起こしたのだと反射的に主張した。古びた茶色のズボンは伝一のおさがりで、裾が地面に擦れるのがずっと気になっていた。

従兄弟たちでも一緒にいればそこまで身勝手なことも言わなかったはずだが、彼らはもう麓の町の兼務寺に移り住み、御山に来ることもない。母親はいつものとおり、独りで庫裡の掃除に励んでいた。

「ウソだ……」

正男は思いがけず伝一の言いがかりを否定し、「反則」という言葉に抵抗した。しかし伝一はその態度が堪忍できず、凶器を取り出すように薄く嗤って言葉を投げつけた。

「殺人鬼の子供が、いっぱしのこと言うなよ」

太い樫の木の根元を踏みしめ、伝一は項垂れた正男を睨みつけたまま、赤地に髭面の弁慶が描かれたメンコをゆっくり拾い上げた。白い地面にくっきり落ちた正男の影は大きくは動かず、細かく揺らぎつづけるだけだった。

あの瞬間、それ以後の二人の関係は決まったように思う。伝一はその後、なにかにつけて理不尽な言いがかりをつけ、正男が不満そうな顔をするとすぐに「キ」の口になって憤怒の顔をつくった。時には理由もなく正男の寝起きする納屋に行き、入り口でわざわざ不動明王を真似ることもあった。右手には剣代わりの棒きれを持ち、左手には納屋で拾ったわら縄を握っていた。たわいない子供の悪戯と言われそうだが、伝一にすれば「みんなのなかにのんのさまがいるんだよ」という母親の理想論に子供なりに抵抗し、あいつの中に潜む鬼をあぶり出すつもりだった。

あいつの左目が自由に動かず、お不動さんの目に似ていることも、むしろお不動さんに糺《ただ》されるべき証拠のように、勝手に思いなしていた。

伝一が中学に通うようになると、あいつの父親がしたことも凡そわかってきて、益々許せなくなっていった。どんな仕打ちをあいつが受けたとしても当然だし、それは受けるべき罰だと思った。いや、もしかすると伝一は恐ろしかったのかもしれない。あいつの父親のしたことが心底恐ろしかったから、あいつにも怯え、理不尽に責めたてては無抵抗に謝るあいつを見て、かろうじて安心していたのだろうか……。

母親がどの程度伝一の行動や態度に気づいていたのかは知らない。どちらかと言えば小柄で小太りの母親は、細かいことを気にせずよく笑う人で、幼い頃はまるで太陽に照らされているような安心感を感じていた。ただ父親が酔っ払ってばらしたあの日からは急に放散する光の量が減り、冬の陽みたいに弱まった光の多くが正男に向けられているようで、今思えば妬《ねた》ましかったのだろうと思う。たとえば川の字の真ん中に寝る母親の背中が自分に向けられることが多かったことも、正男の肩によく手をかけて話しかけた母親の姿も、些細だがそのまま正男を虐めるエネルギーに変わっていった。

毎朝竈《かまど》で火を熾《おこ》し、ご飯や汁を作るのが母親の朝一番の仕事だったが、ある朝伝一が早めに起きていくと竈の前に母親と正男がいた。母親はもんぺを穿き、沸騰した釜の湯を柄杓で掬っていて、パジャマ姿の正男が立て膝で竈の前に坐り込み、じっと火を見ながら「うんたらかんまん」と繰り返していた。火のはぜる音の隙間に耳を澄ますと、微かに母親のマントラも聞こえた。正男はどうやらそれに重ねて唱えているようだった。そういえば、母親が寺から持ち込んだおそらく唯一の習慣が朝のこのマントラで、正男はこの家でただひとりの唱和者だった。

湯を汲み終わり、燃える薪を隣の焚口に抜き取った母親は立ったままなにか呟き、片手を正男の寝間着の肩に置いた。正男がわずかに見返して笑ったのは、納戸の暗がりからでもよく見えた。しかし伝一が勝手に推測した正男の寝小便の証拠までは聞き取れなかった。

あるときから正男の寝間が納屋に移されたのだがその理由はわからず、伝一は寝小便を疑ったものの確証はもてないままだった。二人の密会がたまたまその朝だけのことだったのか、しょっちゅうこうした時間がもたれていたのか、それは今となってもわからない。ただ伝一にすれば、正男への仕打ちが母親に知られていると疑うのも無理はなかった。疑心暗鬼は不動明王の怒りの形相に変形して正男に襲いかかった。いつしか「寝小便たれ！」という当てずっぽうな貶《けな》し言葉までぶつけだし、それがまた二人の早朝の密会の口実になったとしても、そんなことは知ったことじゃなかった。

三人で御山に登ると、母親はいつもひとりで庫裡の掃除に専念し、二人には庭掃きを言いつける程度であとは好きに遊ばせることが多かった。

釘刺し、メンコ、蟬獲り、縄跳び、伝一に言われるままに正男はどんなことでもつきあったが、しばらく遊ぶと必ず伝一がいちゃもんをつけたから、本当は逃げ出したかったのだろうし、伝一とは遊びたくもなかったに違いない。しかしそんな正男の気分こそ軟弱で、不動明王に糺されるべき怠惰で不埒なものと決めつけ、伝一はお不動さまになったつもりで正男を執拗に責めたてた。時には初めから虐めるために遊びだすこともあった。いや、正男を虐めることじたいが陰湿な遊びになっていったのだろう。そして最終的にはいつだって正男が逃げだした。「母ちゃんに泣きつくんじゃねぇぞ」としつこく釘を刺しておいたから、正男は庫裡には行かず、独り泣きながら麓の家に帰ってしまうことも屢々《しばしば》だった。

そんな二人の様子に母親が気づかないはずはなかったが、母親はその頃もそれ以後もけっして伝一を問い詰めはしなかった。また伝一は伝一で、暴力だけは振るわない、サツジンキの真似はしない、自分で勝手に決めたそんなルールを遵守しているという意識ばかりが頭を占め、いつ母親に問い詰められても胸を張って答える気構えだった。いま思えばそれらはみな母親に言われたことばかりで、結局は正男と同じように母親への誓いを守ろうとしていたのだ。

いつしか母親の発する光は、弱々しく不安定なものになっていった。生活上のこと以外は誰にも問いかけず、笑いかけず、あまり話しかけもしない日々を送るようになっていった。特に正男が集団就職で出ていってしまうと、元々の三人家族は田圃《たんぼ》の案山子《かかし》のように離ればなれになった。カラスや雀の来ない田中の案山子は寂しすぎた。父親は家計を助けるためにと二頭の乳牛を飼ったが、乳搾りは朝夕とも母親任せ、そのうえ冬場は父がそれまでどおり関東に出稼ぎに出てしまったから、母親は孤独なうえに体力的にも目に見えて疲弊していった。

隣町の高校に汽車で通っていた伝一は、何度か早起きして乳搾りを手伝いに牛舎に行ってみたが、二頭の牛と母親とは全体が薄い皮膜で包まれたように一体で入り込めなかった。ぶつぶつと牛に話し、笑いかけ、母親は大きな乳首に上手に指を絡めて搾乳しつづける。伝一はただ牛乳の入ったバケツを運ぶことしかできず、まるで竈の前の二人を眺めた時のように、牛たちと母との親睦を妬ましく眺めるだけだった。

　雨の前の朝焼けのように、見る人も稀な微かで奇矯な光になり、母親はまだ老年と言われる齢を迎えるまえに認知症を患って施設に入った。そして本当ののんのさまのようになって、それから二十年生き、父親より十年長かった寿命を静かに終えたのである。

　どうしても伝一はあいつに母親を奪われたという思いが拭いきれない。当時から、虐めはそのせいなのだとも気づいていた。

　もとより正男を預かったことじたいに無理があったのだ。じつの兄を殺された妹が、その犯人の息子を預かって育てるなんて、常軌を逸している。当時の新聞は美談としてもてはやしたが、美談を壊したのは結局この町を逃げだしたあいつではないのか……。早くに脳卒中で死んでしまった父親はむろんのこと、母親も自分もあいつに人生を翻弄された犠牲者なのだ……。いつしか伝一のなかでは、正男への虐めや嫌がらせを正当化する回路が補強されていった。そしていま、目の前にいるこいつも、あいつの息子なのだ。

★

　向き合って坐ってから、伝一はどれくらい黙っていただろうか。時間にすれば二、三分のことかもしれないが、玄証にはひどく長く感じられた。ときどき伝一が顔を顰めたり眉根を寄せたりするのは気づいていたが、玄証はじっと半眼のまま卓袱台の天板を見つめ、いつしか御山での滝行を憶いだしていた。

冷たい水の流れを押し分け、水底の石をしっかり踏みしめて滝口へ近づいていく。初めはどうしようもなく冷たく痛かった水の重さが、やがて感覚が麻痺して一切感じられなくなり、すると透き通った体を水が通り抜けてゆくように感じはじめ、体ごと流されていくような気がしてくる。はっと意識が戻ると、痛みと重さと冷たさが一つの感覚として同時に押し寄せ、自分は間違いなくさっきの場所から一歩も動けないでいたことを知る。そしてまた意識を水に同化させ、流されていく不思議なイメージのなかで安らいでいくのだった。

玄証はそのときようやく玄信和尚の話が合点できたと思った。水や滝の観念が、水の流れとともに流れ去っていくようだった。

玄信和尚と初めて出逢ったのは、会社の休日にふらりと立ち寄ったお寺の境内だが、除染作業のため東京から来ていることを告げると、和尚は苔の手入れの手を休めて立ち上がった。

「あんたたちには、苔なんて関係ないんだろうなぁ」

たしかに苔も草もなく、地表の植物は真っ先に除染の対象だった。しかしずいぶん尖った物言いだと思い、不満げに振り向くと照りのいい顔がにこやかに笑っていた。峯男は思わずつられて笑い、「そうですね、目の敵《かたき》です」と答えた。「目の敵かぁ」と笑いながらまた蹲踞《そんきょ》した和尚は、真顔で「それは目が悪い」と言ってまた笑った。

しばらく熱の籠もった苔談義を聞いたあとだったと思う。和尚は峯男の目を覗き込むように「心の除染は大丈夫かな?」と問いかけた。何かを感じたのかもしれない。峯男は毎晩のように酒を飲んでは叫びだす隣室の男と、険悪な関係になっていた。思わず打ち明けそうになったがなんとか怺え、「心の除染って、どうするんですか」と訊いてみた。すると和尚はまじめな顔で週に一度の「阿字観《あじかん》の集い」を勧めてから、悪戯っぽい目になって付け加えた。

「火が熱いとは限らない。水も冷たいとは限らない。それがわかればもう、心は汚れようもないんだけどなぁ」

そう言って大笑いしたのだった。よく響く笑い声は白い雲の浮かぶ青空から降ってくるみたいに峯男の全身を包み込んだ。

玄証は初冬の飛瀑に白い浄衣で包んだ全身を打たせながら、ようやくその時の青空に再び包まれるような気がした。

「阿字観の集い」に毎週末の夜に通い、峯男は二ヶ月足らずで得度して玄証になった。それからほどなく修行道場へ入門したのは、和尚が軽い気持ちで勧め、玄証も素直に行ってみたい、この先が知りたいと思ったからだが、なにより除染現場の人間関係の疲れが根本にあった。同じ作業や日程を共にこなしながらも、そこに求めるものはそれぞれ違っていて、違うことを当然と思ってくれない人も多かった。

道場は除染の現場と似ているようでもあるが、三ヶ月も経たないうちにその違いがはっきりわかってきた。寝起きする暗いお堂には仕切りもないしプライバシーもないのだが、そこには独り用の広大な宇宙が修行者の数だけ存在する。そしてそれぞれが宇宙を背負ったまま、必ず何かの「役」として「いま」「ここ」にいるのだ。

玄証は俄かに「いま」に引き戻され、自分の「役」を自問した。答えは見つからなかったが、無意識に頭のなかで真言を唱えていた。

おんあぼきゃ　べいろしゃのう　まかぼだら　まに　はんどま　じんばら　はらばりたや　ぅん

あらゆる「役」に等しく光明をと願う「光明真言」だった。目の前の伝一も、そしてその弟だったという父親も、等しく救済の光に包まれてほしかった。

ふいに伝一が立ち上がり、玄証を見下ろすように一瞥して部屋から出ていった。そして神妙な顔で戻ってくると、卓上によれよれの茶封筒を置いた。

「結局これを見てもらうのが、いちばん早い」

そう言い放って伝一は、新聞のコピーだろうか、三枚のＡ３用紙を骨張った指先で押し出した。

「その順番で見てもらおうかな」

言われて用紙の右上を見ると、三枚にはそれぞれ昭和二十二年五月十八日、同年五月三十一日とあり、二枚目は三十一日二面の記事、三枚目は同じ日の三面の記事らしかった。二枚目にはそれらしい大きな顔写真が見えたが、玄証は言われたとおり十八日の分から恐る恐る読みだした。

ちらつく蛍光灯の光の下では、縮小版の新聞の文字はとても全部は読めない。玄証はひたすら見出しを追っていったが、いつしか伝一はマスクを顎まで下ろしてタバコを吸っていた。

煙がマスク越しに届くまでに、伝一はきっと普通に箱から出して口に咥《くわ》え、火を点けたのだろう。しかし玄証はその動作にも音にも臭いにも気づかないほど、眼球の血管を膨張させて見出しを睨みつけていた。

「用意周到で　全く迷宮入り　不動院の惨殺犯人　内部の事情を知るもの丶如し」

「泣くばかり　急を聞いて駆け附けた住職夫人」

その後は両目を細めてなんとか本文を追ったが、また知らぬ間に伝一が寺務所から虫メガネを持ってきたらしく、「ほれ」と言って無雑作に差し出した。素直に受け取って記事に翳《かざ》すと、レンズの中に拡大された事件の詳細が現れてくるのだった。

どうやら昭和二十二年の五月、この寺で若い住職とその母、年配の女中と小僧一人の四人が惨殺されたらしい。恰度《ちょうど》住職の妻は子供三人を連れて本宮町の親戚と「蛇《じゃ》ノ鼻《はな》」に一泊で見物に出かけており、難を逃れた。事件が発覚したのは凶行のおよそ十時間後。急報を受けて駆け付けた二十五歳の若い夫人が見たのは、すでに冷えきった四人の死骸だった。顔面蒼白で涙を流しながら夫人は「何だか夢のようでございます」とのみで何事も語り得ず、ただ項垂れて涙を膝に注ぐのであった、とある。

玄証は震える虫メガネを押さえながら、「数日中に必ず犯人逮捕」という見出しに目を移した。メインの記事には「全く迷宮入り」との見出しがあり、犯人が足跡を一切残さず、裏庭の水桶の栓を抜いて水を排し、更には桶を取りのけて木戸の隙から侵入した周到さを県警の刑事が嘆いていた。しかし町の警察署長はそうした物証や手がかりが何もないままに「数日中に必ず逮捕」と明言している。

その一年前の六月に不動堂が不審火で小火《ぼや》を出し、放火が疑われるものの犯人は捕まっていない。新聞の書きようでは、署長がその放火犯と今回の犯人を同一視しているかに思えた。「犯人も数日中には逮捕するであろうが、それまでは帰署しない」などとかなり意気込んでいる。

そういえば刑事のほうも、夜中に帰山した住職を奥の間で殺し、続いてすでに寝ていた三人を殺した手口に、「内部の事情を知るものゝ如し」と述べていた。いったい「全く迷宮入り」と「必ず逮捕」とどちらが正しいのか……。おそらく片や状況分析、片や意気込みと捉えるしかないのだろうが……。

玄証は、二枚目に移るのをためらうように一枚目の矛盾に拘《こだわ》った。いずれこれまでの話を総合すれば、殺人鬼として捕まったのは父親である正男の父親、つまり玄証の祖父に違いなかった。

二枚目には間違いなくその祖父の写真があるのだろう。用意周到であったのに、捕まったのだ。……死刑だろうか。……父は殺人鬼の息子として田能村家で少年期を送り、その過去を振り捨てるように上京して浦河の姓を手に入れた。あとはひたすら「盗まず、殺さず、真人間として生きる」ことだけを目指した……。養護院の院長先生と示し合わせ、死んだことにしたのは玄証を、いや峯男を殺人鬼の孫にしたくなかったということか……。

玄証の脳裡を無数の思いが竜巻のように渦巻いて通りすぎた。やがてそれが鎮まってしまうと、自分は昔からこの禍々しい血のことを、知っていたような気がした。

◆

アルミの灰皿でタバコを揉み消しながら、伝一は玄証の表情の変化をつぶさに見ていた。白い不織布のマスクをしたまま、玄証の視線はときどき遠くへ漂う。虫メガネを持ったまま、なかなか紙を捲《めく》ろうとしないので、伝一は怺えきれずに声をかけた。

「二枚目に、犯人の写真が載ってるよ」

ぞんざいな伝一の言い方に、玄証はゆっくり顔を上げてその目に力を込めた。おそらくマスクが無ければ耐えられないほど、伝一は自分が怯《ひる》むのを感じた。

再び玄証が目を落とした二枚目の新聞には、「逮捕された殺人鬼」という言葉の横に、左右の目の大きさが明らかにちぐはぐな犯人の顔写真が載っている。丸顔で短髪、首が短く、不均整な目はあいつに似ているのだが、目の前の玄証にそれと感じさせる面影はない。しかし紛れもなく、こいつはその血を引いている……。

また犯人の顔写真の横には逮捕された直後に警察署に押し寄せた群衆の写真もあった。それほどこの事件は町民がこぞって非難し、注目し、逮捕を待ち侘びていたということだろう。二枚の写真を交互に見ていた玄証は、眉間に皺を寄せてなにも語らず、やがて黙ったまま紙を捲って三枚目に目を移そうとした。

「それがあんたの祖父さんだよ」

伝一が待ったをかけるように言うと、玄証はまるで野次に苛立つ目つきで伝一を睨み、「ええ」と答えただけで目を紙面に戻した。

何度も同じ紙面を読み返し、伝一はほとんど内容を覚えている。五月三十一日の三面には、取り調べが意外に暇取り、前日の予定だった現場検証が今日に遅れたこと、また記者が未亡人を町内の兼務寺に訪ねたときの様子、そして本部から出張中という小田部刑事部長が逮捕までの苦労を語った談話などが載っている。伝一は玄証の視線を追いながらも、やはり鮮烈だった尚子《たかこ》夫人の言葉を憶いだした。

記者に犯人の写真を見せられた尚子夫人は、夫を含めた四人の位牌を前に、手先を打ち顫《ふる》わせつつ写真を受け取り、唇をキッと嚙んで眺め入っていたが、やがて静かに口を開いて言った。

「人殺しなどするような人相ではありませんがね、人の心は皆善でございます」。「何かの動機でこのような罪を犯したのでございましょう。罪は憎んでも、その人を憎み或いは恨む心持ちにはなれません」。見出しのあとのリードは、「其罪を憎んでも、其人を怨む気にはなれませぬ〜健気に語る眼には涙」であった。

部分的に記者の誇張や作文はあるにしても、おそらく尚子夫人は大筋そんな博愛に充ちた言葉を呟いたのだろう。だからこそ殺された住職の妹であった母までが、死刑が確実な犯人の幼い子供を預かると言いだし、しかも早くに母と死別した事情を知って我が子として育てると宣言した。そしてその際に、尚子夫人の言葉をなぞるように「人の性は善だと信じます」などと言ってしまったのだ。

当時の新聞は、「昭和の慈母観音」として若かった母を讃えたが、尚子夫人と母とのその後の交流は、それまでの仲良しぶりからは信じられないほど疎遠になった。町場の兼務寺で暮らす尚子夫人一家が、現場となった不動院に行きたがらないのは無理もないとしても、母が兼務寺を訪ねなくなったのはどうしたことだろう。

伝一の二つ上の長女千春、同い年の長男淨信と二つ年下の弟淨恩は、春ちゃん、信ちゃん、恩ちゃんと呼んでよく遊んだし一緒に風呂にも入った。夜のお寺で「かくれんぼ」をした思い出も忘れがたい。そんな交流がパタリと途絶えて顔も合わせなくなり、代わりに伝一に与えられたのが正男という疎ましい弟だったのだ。

高校への汽車通学でたまに浄信や浄恩に出逢うこともあった。初めのうち伝一は、すぐに近づいて「信ちゃん、恩ちゃん」と話しかけたが、昔のように「伝ちゃん」と呼び返されることはなかった。やがてあいつが集団就職でいなくなっても、なぜか二人の態度は変わらなかった。にこやかに微笑みながらも質問への答え以上はけっして話さず、そのうち遠くで会釈しあうだけになった。その後二人は大学まで進み、浄信は修行のあと兼務寺の住職として戻り、弟の浄恩はどこかの大学の教授になったと聞いたが、その話もいったい誰に聞いたのだったか忘れてしまった。

父や母の葬儀にも浄信から香奠《こうでん》が郵送で届いただけで、浄恩や千春からはなんの応答もなかった。事件当時一歳だった恩ちゃんはともかく、伯父の葬儀で泣きじゃくっていた春ちゃんや信ちゃんはそれ以前の自分との濃密な時間を必ずや覚えているはずだ。伝一のその思いは今も変わらないのだが、彼らはいったい幼少期の自分との思い出をどうしてしまったのだろう……。

そんなことをぼんやり考えていると、ふいに玄証が顔をあげた。一瞬、あいつの目つきに似ている気がした。

「この人が、……」

そう言って玄証はあらためて二枚目の紙を手に取る。

「私の父の父、つまり、祖父だということですね」

「そういうこと」

「……死刑ですか」

「……もちろん」

伝一が答えると、玄証は黙り込んで目を瞑った。いつのまにそうしたのか、玄証は作務着の両脚を結跏趺坐《けっかふざ》に組んでいて、伝一は静寂のなかに取り残された。梟が遠くで鳴き、微かに風音がして、やがて玄証の目と口が同時に開いた。

「ありがとうございます」

「……」

「父が、一生かけて隠しとおしたのは、これだったんですね。……教えてくださって、感謝します」

「……」

半眼のような目で身じろぎもせず玄証はそう言った。伝一は迫力のようなものを感じたが、事態は逆ではないか……。どこかで伝一は慌てふためく玄証を予想し、期待もしていたのではないか……。

「どうなんですか、……自分が殺人鬼の孫だと知って」

押し返すつもりで伝一は訊いたのだが、思わず弱い口調になっていた。加虐的な気分が奥のほうで燻《くすぶ》っていた。

「ちょっとそのまえに、……気になることがあるんですが」

そう言って玄証が冷静な顔で三枚目の紙面を取りだした。

「ここに『指紋一つ取れぬ難事件』と見出しがありますよね。小田部刑事部長の話のなかにも、現場に遺棄されたのは凶器一つで指紋も取りえず、捜査上の苦心は並大抵ではなかった、とあります」

「うん、儂もそれは覚えてる」

「ところがこの捕まるキッカケになった内郷の旅館では、かねて管轄署から配布されていた人相書きに似ていたから通報したとあります。……指紋一つ取れず、捜査に苦心したはずなのに、人相書きがあるって、おかしくないですか」

言われてみれば尤もにも聞こえたが、伝一は答えようもなかった。この記事を懐疑の目で見たことなどこれまで一度もなかったからだ。

「それに、刑事部長はこんなことも言ってます」。玄証は虫メガネを翳して続ける。「犯人は不動院の山林伐採事件に関連あるものかとの見込もあったが、他方にも活動の手を緩めなかった。そして、いいですか、次にこんなふうに書いてあるんです。世間の警察に対する非難は甚だしく、『犯人が判っているのに捕えぬのは如何《どう》したのだ』などと云われ全く苦痛であった、と」

確かに玄証の読み上げた部分はすべて記憶のとおりだった。伝一はしかし玄証の意図がわからず首を傾け、マスクの上から思わず顎を摑んだ。

「この言い方ですと、犯人は山林伐採事件とも関係ないし、町民たちが判っていると思い込んだ人物とも違う、ということでしょう。他方にも活動の手を緩めなかったからこそ捕まえた、と読めませんか」

「……まぁ、そうかな」

「ならば、かねて配られていた人相書きとは、違う人が犯人なはずじゃないですか」

「……」

「この犯人が捕まったのは、直接には旅館を逃げだしたあとに古河炭鉱の経理課長宅に押し入って窃盗をはたらいたからでしょう。……そして旅館の宿帳に書かれた原籍の長野県に照会すると、これが前科七犯で凶暴性を帯びた者、という返事が来た、と」

「あぁ、そうだったな」

伝一は玄証の言わんとすることをなんとなく感じたが、自分が言い込められているような今の状況はどう考えても理不尽な気がした。

「なにが言いたいのかな」

少々強い口調で言ってみた。しかし玄証はそれを単純な質問と受けとめたらしく、平気な様子で答えた。

「つまりさっきの、いや、この写真の人物が、私の祖父だという話は疑いません。何の罪かは知りませんが、前科七犯というのもそうなんでしょう。しかし……」

「しかし？」

「ええ。この人は、本当にこの事件の犯人なんでしょうか」

★

玄証はけっしてずっと冷静であったわけではない。祖父がこの事件の犯人かどうかはともかく、前科者であったことは確かなのだし、死刑になったのも間違いなさそうだ。だからこそ、父や院長先生は結託してその事実を隠そうとしたのだろう。

嫌な予感はあったものの、こうして衝撃的な記事を見せられると玄証は初め奇妙な浮遊感に襲われた。三枚の新聞縮刷版のコピーを読み進めながら、なぜか峰入りでの転落体験を憶いだした。滝に行き着く直前の崖で、なんの弾みか鎖が大きく揺れて土くれを剔《えぐ》った。鎖に体を取られ、土くれを上半身全体に被《かぶ》りながら転落。十メートルほど下へ落下したのだが幸いかすり傷ひとつ負わなかった。ただ手放した金剛杖は身代わりのように更に下の谷川へ落ち、あっという間に激流に呑み込まれた。

虫メガネで何度も記事をなぞりながら、玄証の気分は恰度このときのようだった。足場を失った不安な浮遊感がしばらく続き、やがて激流に流れ去った金剛杖を思い返したが、それは玄証自身ではなかった。我が身には傷ひとつできなかったのだ。

そう思うと同時に、玄証は急速に冷静さを取り戻し、幾つかの記事の食い違いに意識を向けだした。むろんそれは単に複数の記者の書き方の問題なのかもしれず、少なくともこれだけを読んで冤罪を訴えるような大仰な問題ではない。ただいきなり与えられた最悪な祖父を受け容れるまえに、冷静に、少しは抵抗してみたかったのだ。

しかし玄証の問いかけは思った以上に伝一の気分を害したようだった。初めこそ卓袱台の上の新聞を手許に引き寄せ、虫メガネも使って記事を読み返していたが、長年疑うこともなかった「事実」がそう簡単に覆るはずもなく、そんな検証じたいが莫迦ばかしいと思ったのだろう。途中から目線は紙面を離れ、その眼光は次第に薄暗い虚空に向けられたまま強くなり、マスクの下の口も「キ」を象りつつあるように思えた。

「今は、そういう問題じゃねぇよな」

半ば怒気を孕んだ投げやりな言葉が伝一のマスクを膨らませた。これまでで最も荒れた口調だった。

「……そう、でもないと思いますけど」

玄証は「そう」まで言って途中でやめ、そして少しだけ間を措いて「かもしれません」と続けた。

思えばその「事実」は伝一を幼少期から制約しつづけてきた。「事実」だけを言えば、伝一の伯父と祖母ほか二人を殺したとされる玄証の祖父は死刑になり、母の善意で押しつけられた正男という弟とは歪な関係しか築けず、親子関係にも大きな罅《ひび》が入った。いや、今こうして伝一が母を継いで寺守りをしているのも、元を辿ればこの事件のせいではないか……。これほどに人の人生を巻き込んだこの事件を、今更そこだけ取りだして見直せと言われてもそれはできない相談に決まっている。

「どう受けとめるんかね、祖父さんが人殺しだったたってことを」

伝一の口調は明らかに変わった。指で卓袱台を突きながらそう言って両腕を組み、それから身震いした。古い石油ストーブの力は弱く、窓から沁み入る冷気が明らかに勝《まさ》りはじめていたが、それは寒さによる身震いではなさそうだった。

玄証はなんとも答えようがなく、目だけは逸らさずに沈黙しつづけた。そして父である正男を想った。子どもの頃は伝一に「すみません」と謝りつづけ、上京後は盗みも殺しもせず、真人間として生きたという浦河、いや、田能村正男……。それはどこまでも祖父の罪の宿債を償い、いや、むしろ法外な償いを迫る伝一を避けて逃げ続けた一生ではなかったか……。

なおも玄証は沈黙を続けた。何を語っても伝一の昂奮を煽るだけだろうとも思ったし、自らに連なる血の宿業を甘受するにはとにかく黙って受けとめるしかないのだ。

転落は一度ではなかった。

二度目は平坦そうな山道だったのに左足を踏み外し、いきなり斜面に放り出された。体が回転しながら落ちていった。しかし落ちながら、いずれ止まるだろうと高をくくっていた。加速度がついて回転が速くなり、叫ぼうとするが声は出ない。もう駄目かと思ったとき突然何かにぶつかって止まった。岩とも樹ともその相手はよく覚えていないのだが、今度も玄証はかすり傷ひとつ負っていなかった。

恰度そのときのように、玄証は伝一の非道い言葉の礫《つぶて》を受けとめた。

おそらくはマスクのお陰で、伝一は子供じみた貶し言葉まで吐き出すことができ、玄証もマスクあればこそなんとか穏当な表情を保つことができたのだろう。しかしその心中は明らかに自分も相手も共に転落していく気分だった。

「人殺しの孫が、坊さんになれるのか」「人殺しだぞ。呑んべや助平とはワケが違うんだぞ」「おい、何とか言えよ」「警察が間違ったっていうのか。いったい何の証拠があってそんなこと言うんだ」「お前の祖父さんは盗みで捕まって人殺しも吐いたんだぞ。前科七犯って、いったいどういう人間だよ」

まるで酔客のような言い種だったが、缶ビールではなく、自分が思いきって吐いた言葉が次々と熱を発し、更なる昂奮と酩酊を招くのだろう。そしてその発火元は、どうやら玄証がさっき生半可に挿し挟んだ疑念なのだ。

自然鎮火は難しそうだった。伝一は胡座《あぐら》の片膝を立て、右手の拳で時に卓袱台を叩きながら続けた。

「正男は卑屈な奴だったよ」「儂の自転車に黙って乗って、転んでペダルを曲げたくせに、とうとう謝らんかった」「嘘つきだ」「嘘つきはそのうち泥棒になる」「どうせまともな死に方はできなかっただろ」

これにはさすがに玄証も目を剝きかけたが、反論も修正も無意味だし却って火を煽ることは明らかだった。玄証はただただ虐めや辱《はずかし》めに耐えていた父親を想い、その屈辱や、その後も大まじめに自戒しつづけた日々とを想った。言われてみれば、とうとう身内に看取られず、五年経っても納骨さえされない父の死は、確かにまともとは言えそうになかった。

口の業、意《こころ》の業は、何を言われても制御できるような気がした。問題はこの身だ。坐布団を二つ折りにした坐布に尻を載せ、さっきから玄証は結跏趺坐で坐っているのだが、伝一が父親を詰《なじ》りだしたときから体が疼《うず》きだした。太腿の内側がときおり不規則に震え、肩甲骨の内側に何度か熱い流れが動いた。さっき伝一がした身震いと同じように上半身が震えた。

あのときと同じ、身の暴走の予兆なのかもしれなかった。

同じ養護院で育った景子と初めて二人きりになったとき、「歩きましょう」と言って暗がりに誘ったのはむしろ景子のほうだった。地区の盆踊りに院長先生共々十数人で出かけ、早めに引き上げた二人は施設に近い公園で出逢った。しばらくベンチに坐って話していたが、景子は峯男の返事も待たず、先に立って公園の裏手の小高い山に向かった。峯男も景子の浴衣の朝顔の花を追うように上へ上へと進んだ。踊りで緩んだ兵児帯《へこおび》はきつく締め直したが、帯をどう締めようと浴衣は緩く、些細なからだの動きを大袈裟に感じさせた。

一つ年上の景子は子供の頃から成績も良く、施設育ちとは思えないほど屈託なくよく笑った。

幼い子供たちの面倒見もよくて、院長先生の奥さんの手伝いも進んでしていた。そしてその年齢では珍しい奇特な出逢いがあり、来春に高校を卒業したら都内の弁護士夫妻の養女になることが決まっていた。その日も、新たな養父母と踊りの輪の外で談笑する姿を見かけていた。

そこは、本当に都心の住宅地かと疑うほど、木々の枝間から無数の窓明かりが見下ろせる立派な山だった。水銀灯の青白い光がモザイク状に芝生の地面を照らし、景子はようやく立ち止まると太い木の影の中で振り向いた。

浴衣姿で山へ誘った景子が何を望み、何を求めているのか、峯男はおよそ知っているつもりだった。手を握り、その手を柔らかな胸に伸ばし、唇を合わせても、意とからだとは連動し、溶け合っていくように思えた。

何が直接の契機《きっかけ》だったのかは覚えていない。気がつくと峯男のからだは意と関係なく暴走し、景子は押し倒され、明らかに望まない姿勢をとらされ、泣き喚き、そして殴られていた。

「大丈夫?」

そう声をかけた峯男に、景子は心底怯えた目を向けた。意は口には素直に現れたが、からだは別な原理で動いているらしく、その直後にも峯男の両腕は景子の両脚に挑みかかっていった。

恐怖に歪んだ景子の顔は峯男の脳裡に住み着き、その後も事あるごとに憶いだされた。自分のなかに潜む理解不能な凶暴性を、峯男はずっと恐れつづけた。

十八歳で夜の街に勤めたのも、そのことを確かめたかったからだが、やがて筋肉の疼きや熱というサインを知るようになり、人と深く関わらなければ徴《しるし》は現れないことも学んだ。逃げ腰のそんな姿勢は水商売の現場では思いのほか有効で、そのうちに峯男は誰とも結婚はしないと固く心に決め、二年ほどのクラブ勤めも難なく、いやむしろ楽しくやり果《おお》せた。

除染の現場では、同じことが同性に対しても起こるのだとはっきり判ってきた。原因は、やはり人との心理的距離かと思うが確信はない。ただとにかく前触れだけはいつも例外なく、筋肉が疼き、からだのあちこちで線香花火のように熱が走るのだ。

初めは隣室の酔っ払いに現実に身を近づけることで起こった。しかしやがて隣室に気配を感じるだけで徴が起こるようになり、独り自室で缶ビールを呷っても収まらず、布団に入っても寝つけず、眠ると魘《うな》されるようにもなった。

峯男は玄信和尚のところに通うようになっていたが、ある晩の「阿字観の集い」が終わったあと、正直に悩みと不安とを打ち明け、どうしたらいいのかと訊ねてみた。すると玄信和尚はクリクリした目をまっすぐ峯男に向けて答えた。

「からだも意も宇宙につながってるんだから、秘密があるのは仕方ないさ。だから宇宙につながる響きで調えてやるんだ」

「宇宙につながる響き、ですか」

「そ、マントラ、御真言だ」

「これは、……秘密、なんですね」

「そう。誰にでもある秘密だ」

そう言うと玄信和尚は誰もいなくなった本堂の東の隅へ歩いてゆき、わざわざ御厨子を開けて不動明王に礼拝し、峯男が横に立つのを待って御真言を唱えだした。

のうまく さんまんだ ばぁざらだんせんだ まぁかるぅしゃだぁ そわたやぁ うんたらたぁ かんまん

父親が末期近くに唱えていたマントラとの正式な出逢いだった。

今ではおよその意味も学んで知っている。

「激甚なる怒りの相を示される不動明王よ、迷いを打ち砕きたまえ、障《さわ》りを除きたまえ、諸願を成就せしめたまえ。かんまん」

最後の「かん」は不動心、「まん」が柔軟《にゅうなん》心だということも後に御山で学んだが、そのときはただ玄信和尚の朗々たる声の響きに圧倒された。峯男は思わず暗い天井を見上げ、厨子の中を覗き込み、それから合掌礼拝し、最後には一緒に唱えていた。和尚の弟子になって御山へ行ってみたいと、初めて漠然と思った瞬間だった。


御山に行ってからは一度も感じなかった徴だが、玄証は太腿の疼きと背中を走る熱に耐えかね、脚を解いてゆっくり立ち上がった。

「な、なんだよ」

伝一はその大きなからだの動きに怯えるように、上半身を仰け反らせた。かまわず窓際まで歩いてゆくと、いつのまにか湧き出てきた靄が周囲の木々を隠し、月の蒼白い光の外側に紫や赤の淡い光の環が見えた。

靄のなかでまた梟が鳴いたのを合図のように、玄証は小声でマントラを唱えだした。何度も繰り返すうちに太腿の疼きは消え、熱も全身に満遍なく散っていった。いつしか伝一の声も聞こえなくなり、その存在も忘れていった。

父にもこの疼きはあったのだろうか……。

祖父も、もしかするとそうだったのだろうか……。

これはいわゆる、輪廻する「業」なのだろうか……。そしてそれは、誰にでも潜む「秘密」なのだろうか……。


いつのまにか伝一が横に立っており、並んで窓の外を見上げていた。

「あれ、知ってますか、あの二重の輪っか」

そう言って伝一が月のほうを指さしたが、その顔はさっきとは別人のように力が抜け、言葉遣いも変わっていた。

「……いえ」

「これはコウカンっていうんですが、この山ではよく見られる気象現象なんですよ」

「コウカン、ですか」

「ええ、光の冠《かんむり》、で、光冠ですね。正しくは月光冠、かな。内側に紫の輪があって、外側が赤いでしょう。波長の長い赤のほうが屈折率が小さいから外側にくるんですよ」

「詳しいですね」

「……この山ではしょっちゅう見られますからね」

急に穏やかになった伝一の横顔を見つめ、理由はわからないものの玄証はその突然の変化を喜んだ。向き合った波乱の時間のあとに、やっと同じ対象を見つめて穏やかに話せる時間がきた。

これもまた、秘密だろうか……。

あらためて空を見上げると、ほぼ満月の蒼白い光の外側により大きな同心円状の紫と赤の層が見えた。空全体に光が滲み、目をこらすと淡い七色の巨きな球体のようでもあった。それは月と雲なしには起こりえない幻なのだが、二重三重に見える色の層はまるで輪廻のようだった。

「幻だとしても、美しいのはいいですね」

玄証はそう言って笑いかけたが、伝一にはどう伝わっただろう。おどおどと玄証を見つめ、小さく頷いてからまた空を見上げたが、ふいにごま塩頭を掻くと「儂も風呂を戴こうかな」と言って奥のほうへ慌てたように歩きだした。さっきの剣幕を思えば、何がどうなって話が終わったのか見当もつかなかったが、あの時間が更に続かなかったのは間違いなく僥倖だった。

玄証はストーブを消し、最初に案内された部屋に戻り、いつのまにか置かれていた布団を敷いて横になると、ファンヒーターで部屋が温まっていたせいかすぐに睡気《ねむけ》が来た。


夜中に目が覚め、再び起きだして窓際に寄ると、すでに月光冠はすっかり消えうせ、深い群青の空にぽっかり白い月だけが浮かんでいた。

ふいにエンジン音が静寂を微かに揺らし、すぐ下の駐車場に大きな光が動くのが見えた。

伝一、なのか……。玄証はその光と音が山の下へ遠ざかるのを呆然と見送ってから、スマホで時間を確かめた。……午前二時半。いったいどこへ行くというのか……。

念のためさっきの居間や寺務所の電灯を点け、「田能村さん」と呼びながら風呂場やトイレや伝一の部屋らしい場所も覗いてみたが、やはり蛻《もぬけ》の殻だった。

思わず玄証は、下着姿のまま薄暗い廊下で笑いを漏らした。

再び布団に這入り、冷えた枕に頭を載せて横になり、眠ろうとしたが今度は寝つけなかった。

田能村伝一は、この自分を恐れて逃げだしたということなのだろうか……。

もう一度笑おうとしたが難しかった。

ふいに玄証はこの部屋で住職が殺されたような気がして、俄かに天井や壁、軸物のない床の間を見まわした。小さく動かした自分の頭の後ろに余計な影が見えるようで思わず振り向いたが、むろん錯覚だった。

ともあれ長すぎた一日はようやく終わった。玄証は温まってくる布団のなかで明日の朝課や作務の内容を考え、それから父の真似をして「うんたらかんまん」を何度も何度も唱えた。身も意も口から響くマントラとして宇宙に溶けだし、あらゆる思いが月の彼方に拡散していくようだった。

眠りに落ちる寸前、願いを現在完了形で念じるのが道場に行ってからの習慣だが、今日は遅れ馳せながら欲張って二つ、念じることにした。

「玄信和尚は再会を喜び、励まし、信じてくれた」

「院長先生も奥さんも相変わらず元気で、総てを受け容れてくれた」

それで充分だし、あとはどうにでもなるような気がした。

繭の家

瞼の内側がうっすら赤味を帯びてきた。目を開けると、部屋全体が淡いピンクに染まっている。大きな繭のような家は分厚い不織布製で、朝焼けの空の色を仄《ほの》かに映している。変わり映えのしない家の中だが、未知夫《みちお》はこの時間の「繭の家」がいちばん好きだ。

「繭の家」の壁を外側から見れば、紛れもなく乳白色。大きな白い繭がなだらかな丘のあちこちにほぼ等間隔に点在している。しかし内側にいると、曇り空も夕焼けも、あるいは青みがかった雪の色も、不織布の壁は微かだがしっかり映しとる。未知夫はそんなときようやく「自然」を意識し、さらにはこの地球が回転する球体であることを憶いだすのだった。

昔はこの国にも県や市や町など、いわゆる行政単位の区分があったらしい。しかし度重なる感染症の蔓延で仕切り線はなくなった。行政による格差をなくす、という大義名分ではあったが、結局は国による直接の管理になったということだ。東京や大阪など大都市からどんどん人々が流出し、隙間のような過疎地に皆が住みだした。最終的にはこうして一人用の繭が全国に拡がり、国が一律に管理するようになっていったのである。

繭の壁に映しだされるネット画像によれば、高い山や谷間などもあちこちに残ってはいる。遠い土地には野生生物もまだいるようだが、未知夫がこれまでに行ったことのある数少ない土地は、すべて通水性のアスファルトで覆われ、消毒も繰り返され、人間以外の大きな生き物はいそうになかった。

もう三十年以上かけて、いわゆる名所旧跡と呼ばれた観光地は破壊され、人が集まる困った場所は殆んどなくなっていた。さまざまな風景はネットの画像で見て知ってはいたが、繭の中の未知夫にはそれがかつて本当に実在したという確信さえ持てないのだった。

繭の壁は、多機能ディスプレイにもなるが体温や血圧も測ってくれる。未知夫は布団から出てベッドに腰掛けたまま、空中に現れたパネルに指先でタッチした。三十六・五度。血圧の欄も安全圏の緑色だ。今日の面会が予定通りに行なわれることはまず間違いないだろう。

パネル上の指を動かすと、今度は波江《なみえ》という女性の顔が映しだされた。すでに見慣れてはいたが、白いマスク越しでは顔もよくわからない。未知夫はパジャマを脱ぎ、そのままシャワー室へ入って消毒液の温かいミストを浴びた。睡眠中に増殖した細菌を抑えるための幼い頃からの習慣だった。再び波江の顔写真の前に来て壁からの温風を浴びていると、ふいに腰のあたりに微かな疼《うず》きを覚えた。生まれて二十六年にして初めての感覚だった。

波江が住んでいるのは「西―北―3番地区」、ここ「東―南―8番地区」までは新・新幹線を乗り継いでも三時間以上かかる。正午に最寄り駅で初めて会う予定だが、波江はすでに自分の「繭の家」を出て移動中だろうか。それとも昨日のうちに出発し、どこかに泊まっていたのだろうか……。淡いピンクの部屋に浮かんだ波江の画像に未知夫はあらためて向き合い、白いマスクと自然なウェイヴヘアの間の優しげな目をじっと見つめた。

できるかぎり他人と接触しない暮らしが、すでに子供の頃から定着している。家族でも、生後二年までの乳児期だけは母親の繭で過ごせるが、その後しばらくは近くに住む少なくとも片方の親に鳥の雛《ひな》のように通ってもらい、あとは皆ずっと独りだ。「独り暮らし基本法」が施行されたのは未知夫が生まれる前のはずだが、もはや誰かと一緒に暮らすことなど考えられない。相手と二メートル以上離れて話すのは勿論、マスクをしないで顔を合わせられるのも通常は三親等以内と法律で決められている。

しかし実際には、親とリモートで通話するときだってマスクは必ずする。マスクをしていないと口許が落ち着かないし、考えもまとまらない。マスクはもはや、顔というより自分の一部なのだった。

恰度《ちょうど》スウェットに着替えて茶色いマスクを着けたとき、天井のランプが点滅して母からのビデオ通話を知らせた。またパネルにタッチすると波江の顔があったところにひとまわり大きな母の顔が現れた。見慣れた紺色の水玉模様のマスクだ。

「おはようございます」

やや緊張した目が、マスクの上で無理に微笑んでいた。未知夫はオウム返しに挨拶してから頭を下げ、カメラの前の椅子に坐った。正面の壁には母の白い顔が目を細めて笑っていたが、未知夫の脳裡にはまだ波江の日に灼《や》けた顔が揺らめいていた。

「たしか今日、だったでしょ」

「……そうですよ」

いつものことだが、未知夫は「うん」か「はい」かを迷った挙げ句どちらでもない返答をした。母子だというのに何年も会ったことがない。そんな関係での言葉づかいはいつになっても難しかった。

「どこの人なの」

「ええっと、西―北―3番地区ですね」

「……生まれも?」

「いえ、生まれは東京みたいです」

「あら、東京なの」

母親の声のトーンが少し下がり、伏し目になった。未知夫は「東―中―1番地区」と言わず、つい「東京」という昔の呼び名を使ってしまったことを後悔した。「東京」と聞けば誰もが十年前の大地震と津波、十五年前の富士山噴火後の惨状を憶いだすはずだし、母親はきっともっと以前に繰り返し起こったウイルスの感染爆発まで憶いだしたことだろう。当時の政府は目先の経済を気にするあまり感染を抑えきれずに医療崩壊を招いた。母は大学生だった兄を入院もさせられないままコロナ肺炎で失った。昔は日本一の大都市と言われた街だが、今では「繭の家」の普及率が最も低く、国が管理できないスラムが一番多い。つまり、「独り暮らし基本法」違反で検挙される人が群を抜いて多いエリアなのだ。

母親は、気を取り直すように顔を上げ、「お仕事はなにをしてるの」と訊いた。

「ええっと、造園業かな」

履歴書には確かにそう書いてあり、そして「植物とお話がしたい」とも、どこかに書いてあった。マッチングAIが薦める見合いの相手だし、間違いはないと思うものの、未知夫もその部分には首を傾《かし》げた。しかし母親の反応はもっとあからさまだった。

「ゾーエン……、いまどき造園って、なにするの。庭なんてどこにもないじゃないの」

「……詳しいことは知らないよ」

「だけど土とか、植物とかを相手にするんでしょ」

その言い方には、ある種の敵意さえ感じた。母親は「東―中―4番地区」で弁護士事務所を開いているのだが、直接イキモノに触れるような行為を、嫌がるというより軽蔑していた。日頃彼女が言うように、むろん全ての植物にウイルスは寄生するし土は細菌やウイルスの宝庫だ。しかし細菌やウイルスの全てが人間に害をなすわけではないし、なかには薬になるものもある。個々の家には確かに庭と呼べるものは殆んどなくなってしまったが、地球上に土や植物がなくなったら人間だって生きてはいけないのだ。

未知夫はしかし何も口には出さず、ただマスクの中央を抓《つま》んで離し、溜息の素振りをしてから言った。

「だから、よく知らないから、……逢ったら訊いてみるよ」

母親はマスクの上の目をゆっくり収縮させてから、僅かに目線を斜め上に逸らして言った。

「頼むわよ。昔からあなたは、ワケもなく人を信じやすいんだから」

「……ふぅん」

未知夫は誰かの噂を聞いたときのように、他人事《ひとごと》のような声をだした。しかしマスクのなかに籠もった声は母親まで届かなかったのだろう。壁に映った母親の表情は固まったままだった。

ワケもなく信じた人に悩まされているのは、父親と結婚した母親自身なのかもしれなかった。父が結婚後、しがない文房具屋を始めたことを母は未だに歓迎できずにいる。未知夫がＩＴ関連会社を辞め、その店を手伝いだしたことにも不満なのだ。頼まれもしないのに父を手伝いはじめたことを、母はワケもなく父を信じたと思っているのかもしれなかった。

母親には、父親との出逢いについて、あるいはあらためて「巣ごもり」の心構えなども訊いてみようと思っていたのだがやめた。あの二人の頃は、失敗してもいいから「恋愛結婚」がしたい、などという無謀な人々がまだいた時代だ。両親はそこまで愚かではなかったからＡＩの勧めに従ったわけだが、当時のＡＩはまだディープラーニングが足りず、人の心変わりの予測まではできなかったのだろう。

「巣ごもり」については、以前三人でリモートで話したとき、「あれはやっぱり熱病みたいなものだわね」と言う母に対し、父は「そうかなぁ」と眉をひそめた。「もっとなにかこう、根源的な……」と呟いて父親が言いよどむと、母親はその沈黙に被せて「いいえ、危険なことだわ」と強い口調で言い、「一度でたくさん」とも言った。近頃は、冷凍保存した卵子を提供するだけで、「巣ごもり」じたいを拒否する女性がむしろ多いらしい。母の意見はしてみると今や多数派なのだろう。しかし母の場合、少女時代に強烈に植え込まれた感染症への恐怖が、なにかにつけて根底から浮かび上がってくるようだった。

「ちょっと心配だったから、連絡してみただけよ」

「あ、……ありがとう」

母親はきっと気が抜けた未知夫の目に気づいたのだろう。しかしすぐにまた粘りけの増した目を画面に近づけ、微笑んでから言った。

「鼻毛や髭《ひげ》は、きちんと剃《そ》るのよ」

「え、……ああ、わかってます」

気楽そうに答えはしたが、未知夫は口許がかぁっと上気するのを感じた。母親ならではの心配なのだろうが、誰であれマスクの中を話題にされるのは下着の奥を覗かれるほどに恥ずかしい。

両親の振舞いや教育が特にそうだったというわけではない。これまで未知夫が関わったあらゆる学校や会社、そして今の職場である小さな文房具店でも基本的にそれは変わらない。人前でマスクを外さないのは無論のこと、鼻や唇を話題にすることもタブーだった。最近の人類学者のなかには、マスクが常態化したこの国では、鼻や唇が退化しかけているという人もいる。逆に集音機器の発達で退化しつつあった耳が、マスクを掛ける必要から立派に戻ってきているとも聞く。

いずれにせよ、母親に言われるまでもなく、今日は何年ぶりかで人前に素顔を晒さなくてはならない。波江との対面も、そのことを想像すると急に恐ろしくなった。目覚めたときには忘れていた不安が、次第に黄色みを帯びる「繭の家」全体に満ちていくようだった。

これまで何度も反芻してきた強烈な素顔の記憶、唯一ともいえる他人との接触体験がまた甦る。小学校三年のときの「遠足」である。どうやら徳育省（科学省が文科省から独立したことで成立）と衛生勤労省（厚労省の後身）の共同施策だったらしいから、たぶん同世代の日本人なら誰にでも共通の体験なのだろう。

無菌ハウス「繭の家」が造られ始めた頃から、人はそのままでは各種病気への抗体もできないし、免疫力も持てないと言われるようになった。人生の大部分を無菌状態の繭の中で独り過ごし、外に出ても動物は近くにおらず、植物も殆んどない。そんな環境では、積極的に菌を取り込むイベントが必要だと、国が進めてきたのが小学生の「遠足」だった。

月に一度のスクーリングを除き、学校では全ての授業をリモートで行なっていたが、「遠足」の日ばかりは学区全ての三年生たちが丘の上の敷地に集まった。校舎といっても大きめの繭が四つほど連なっただけのもので、事務室と職員室と保健室と講堂しかなかったから、未知夫たち児童は朝日を浴びてその建物の周囲を取り囲んでいたのを憶いだす。みな言いつけどおり、手袋はしていなかった。

三十人あまりの児童たちは剝き出しの両手を広げ、お互いに触れ合わない距離を保って立っていたが、それでも大勢が一緒の場にいるというだけで落ち着かず、多くは興奮して無意味な動きを繰り返していた。

未知夫は先生に命じられるまま、マスクを着けた状態で恐る恐る両側の二人と手をつないだ。右手は男子、左手は女子とだったが、とにかく手をつなぐことじたい生まれて初めてだったから、一気に体温が上がっていくのがわかった。さらに先生は、一度手を離してマスクを外しなさいと言ったが、五月のよく晴れた青空の下、子供たちはつないだ手をなかなか離そうとせず、マスクを外すことに強く抵抗した。あちこちから叫び声が聞こえ、つないだ手を振り回しながら両隣の子たちの声に合わせ、未知夫も恍惚《こうこつ》としながら大声で叫んだものだった。

「これは体の学習だから」と校長先生に諭され、意味も理解できないままようやく手は離したものの、子供たちは高揚していたのかその手を自分の首や頭に擦りつけ、ようやくマスクに手を伸ばしてからもなかなか外そうとしない。諦めて遂に外しだしたのは、教頭先生が「早くしなさい」と甲高い声をあげてからだった。

マスクを外し、両手をつないで三キロほど先の洞窟に向かうあいだ、子供たちは何度も手をつなぐ相手を替えさせられた。歩道を歩くのは二列が限界だから、二列縦隊で手をつないで歩く。柔らかい手も強ばった手もあったが、交差点ごとに相手が替えられるため、誰か特定の子についての思いが深まることはなかった。みんなに触れる、いや、みんなの菌をみんなに広めるための儀式だったのだと、今では思う。マスクを外したせいもあって皆気恥ずかしく、お互いに目も殆んど合わせない。つないだ両手をむやみに振りながら中空に意味不明の言葉を放りだす。そんな態度を繰り返したのも、きっと屈折した興奮の表現だったのだろう。マスクなしの素顔が風に吹かれるとヒリヒリして、すぐに両手で覆いたくなったが両手は使えない。涙を溢れさせている女の子も多かった。

洞窟の周囲には、普段は見かけない植物が生え、知らない虫もいるようだった。先生から特に説明はなかったが、子供たちはまるで魔物にでも出遭ったように興奮し、叫んだり抱きあったりしていた。それ以前に内密にマスクを外しあっていた子供どうしは、かろうじて友達と呼べる関係を結んでいたようだが、未知夫にはすべてが未経験で、人にも虫にも植物にも興奮していた。

洞窟に入って皆が先生の指示どおり暗闇に坐り込むと、その興奮はさらに昂《たか》まっていった。慣れない闇は漆黒で、立て膝を包んだ両手にいつしか誰かの手が触れている。なにも考えずにその手に触ると、相手も迷わず手を伸ばしてきた。きっと乳児だった自分も、母親とは特別な意味もなくこんな接触をしていたのだろう。それは後で想ったことだが……、とにかく誰のか知らない腕を自分のほうに引き寄せ、殆んど無意識に両手を絡みつけた。闇に慣れ始めた目に見えてきたのは女の子らしいシルエットだったが、普段は皆画面上のマスク姿しか知らないのだし、マスクがないとかえって誰だかわからない。未知夫はただその子の無抵抗な腕を自分の膝の上に載せ、ひどく精巧に感じる指の隅々まで指先を這《は》わせた。狭い洞窟だから、手を少し伸ばすだけで誰かに触れる。みな同じようなことをしているらしく、闇の中でときどき歓声とも聞こえる叫び声が上がった。未知夫は一切声を出そうとしないその子の手を弄びながら、妙な気分で彼女の無防備な横顔を見ていたのを覚えている。

引率した三人の先生のうちの一人が懐中電灯を持ち、洞窟内のペグマタイトについて話していた。マグマがゆっくり冷えたため巨大な結晶ができたというのだが、話は洞窟内に響きすぎてよく聞き取れない。ときおり懐中電灯の光が周囲の巨大水晶に反射して目に飛び込む。未知夫はただ光の中に浮かぶエアロゾルと、歓声と共に飛び散る飛沫《ひまつ》を見つめ、手近な女の子の腕を摑んだまま「体の学習」に耐えていた。同じ光輪の中を、ふいに素速く横切る黒い影があったのは確かに覚えている。しかしそれが蝙蝠《こうもり》だと知ったのはずいぶんあとで、たぶん高校に入ってからクラスの仲間とリモートで会話していて教えられたのではなかっただろうか。

「『遠足』の本当の目的は、あの蝙蝠の風を浴びることなんだ」

同じ小学校を出た彼は、自信ありげにドラゴン柄のマスクの中から言った。蝙蝠は百種類以上のウィルスを媒介することが知られ、一時は殲滅《せんめつ》すべきだとの議論が高まった。しかし各個体がレーダーをもつ蝙蝠相手に、捕獲はなかなかうまくいかず、結局は共生しながら抗体をつくるしかないということになった。東京が最大の栖《すみか》だが、おそらく全国でも夕方に最も多く目にする生き物は蝙蝠だろう。その巣である洞窟に、わざわざ子供たちを入れる理由や目的はついに語られなかったが、今でもこの地区の小学校では同じような「遠足」が連綿と続けられているらしい。

当然のことだが、「遠足」から戻って何日かのうちに、殆んどの子供たちは寝込んだ。かねてさまざまなワクチン接種を受けて準備はしていたものの、やはり「体の学習」は危険な賭けなのだ。リモートの画面に出てこない児童の家を、防護服を着た二人の校医が何日も廻りつづけた。抗ウイルス薬を何種類も携え、繭の中に入って診断し、必要と見れば注射もするし入院もさせてくれる。

未知夫の場合はどうやら無事かと思っていたら、二週間後におたふく風邪を発症した。高熱と痛みも辛かったが何より顔が大きく腫れるのが恐ろしく、このときばかりは耳が痛いのにマスクが外せず、恨めしかった。たびたび繭から自動的に噴霧されるアルコールで朦朧《もうろう》としたのもよく覚えている。

他の子たちの罹《かか》った病気を詳しく知ることはできないが、噂によれば皮膚に発疹《ほっしん》のできた子が多かったらしく、なかにはマラリアに罹った子もいたらしい。蝙蝠だけでなく、特殊な蚊もあの洞窟にはいたのだろう。幸いその年の死者はなかったものの、全国的には毎年何人かが必ず「遠足」で亡くなる。「体の学習」とは、抗体づくりのためであることは間違いないにしても、国による壮大な人体実験のようにも思えた。それぞれの病歴は校医によって「繭の家」内蔵のメモリーに記録され、履歴書にも自動的に記載される。

未知夫はあらためてパネルの端をタッチして自分の病歴を壁に映してみた。「麻疹、風疹、耳下腺炎、肺炎、日本脳炎」……。はしか（麻疹）と三日はしか（風疹）はよく覚えていないが、小四の肺炎と中三の日本脳炎はまざまざと憶いだす。ただ後遺症もないし、特に気にすることもないと思うのだが、母親は「世間さまはそうは見ない」と言う。「世間さま」というのは母親が最も頻繁に使う語彙の一つだった。

未知夫はぼんやり椅子に坐ったまま、今度は波江の画像をもう一度壁に映し、その画面に付属した「病歴」欄を覗いてみた。記憶していたとおり、「麻疹、耳下腺炎、ツツガムシ病」とあった。以前は共通の病気が二つもあることに親しみを感じていただけだったが、このときは思わずエアーボードを操作し、「ツツガムシ病」を検索してみた。病名は知っていたが、ツツガムシが微細なダニの一種であることは初めて知った。やはり造園業という仕事のせいなのだろうか……。ワクチンはいまだに存在しないものの、治療できる抗菌薬は何種類かあるようだ。

未知夫はいつしか病気のことばかり考えていた自分を嗤《わら》い、洗面所に行って少しだけ生えた髭を剃り、また鼻腔挿入型電動剃刀《かみそり》で鼻毛を念入りに切った。マスクを外した自分の顔を鏡で見ていたら、やや窄《すぼ》めた口許になにやら淡い期待のような感情が読み取れた。いつも平静を装っている目よりも、口許のほうがよほど正直だった。

朝食前の体操は日課になっている。主にストレッチを兼ねたヨーガのような運動で、部屋の奥にはそれ用の薄いマットが敷いてある。小学生の頃から体育の時間に使っていたマットで、ボタン一つで床と連動し、マットじたいが回転したり膨らんだりする。走ったり跳んだりしなくとも、マットの動きに対応することで自動的に筋肉が鍛えられてしまうのだ。汗ばんできたら最後はマットに横たわり、両手両足を少し開いて「屍《しかばね》のポーズ」……。

このポーズでしばらく静かに息を吐いていると、いつか自分が死ぬときのことをどうしても想ってしまう。「繭の家」の住人はみな特定の病院と葬儀社の管理下にあり、繭の中の生体反応が微弱になると医師が駆けつけ、反応がゼロになると医師と葬儀社が両方来ることになっている。「独り暮らし基本法」施行後、自殺率は子供から老人まで五%前後と高止まりが続いているが、どんな死因でも遺体は繭ごと燃やされ、そのことじたいが葬儀の中心儀式になる。まずは行政官が来てメモリーを外し、リサイクルできる電化製品などは民間業者が速やかに消毒し、保管するために運び出す。やがて空が深い群青になる頃に僧侶や神官などがやってきて、松明《たいまつ》の火を繭の縁に移すのだ。未知夫はこれまで何度かその儀式を目にしたが、何度見てもそれは同じ景色で、巨大な炎が夜空を焦がし、繭の中では青い炎が全てを焼き尽くして骨も残さない。分厚い不織布そのものに特別な仕掛けがあるらしく、大抵のものは跡形もなく灰になってしまうのだった。

一度でもその様子を見れば、誰も自分だけは特別だとは思えないだろう。誰もが繭の中で一生を終え、繭ごと燃やされて完全にいなくなる。人生の記録は行政機関が一定期間保存はするが、あとは宗教施設や知人の家にマスク顔の写真や文字情報として残るだけだ。最終的にはクラウドの中だけの存在になり、やがて十年もすればそれも消去される。骨も残さない仕組みだからお墓も必要ない。廃墟化した墓地があちこちに残ってはいるが、今や誰もがきれいさっぱり此の世からいなくなるのだ。繭の中の蛹《さなぎ》が蝶に羽化するように、次の生があるという人々もいたが、未知夫にはわからない。わからないまま可能なかぎり生き続けるしかないと思っていた。

未知夫は起き上がり、再びシャワーを浴びながらマスクを着けた波江の顔を想い浮かべた。マスクを外した素顔を勝手に想像してみようとしたが、温水を浴びたまま頭はフリーズした。ネット配信のあらゆるコンテンツで、「素顔」を見せることは原則禁止のため、もはや想像力がはたらかない。世間では「素顔」よりも「裸顔」という言葉が多く使われており、その言葉じたいが素顔への想像力に鈍い楔《くさび》を打ち込んでいた。

マスク姿だらけのニュースを見ながら玄米粥の朝食を済ませ、それから未知夫はいつものように十五分ほど歯を磨いてスーツに着替えた。歯を磨くときが唯一、自分の鼻や口を正面から見つめる時間だ。しかしそれはいつも唇の運動のようなもので、動きを追ううちに却って感情との関連がわからなくなってくる。今日も最後に「イ」と「エ」の中間の口で自分の歯を剝き出してみたが、それが怒りの表情だったか笑いの表情だったかも合点できなかった。波江に会ってマスクを外すことがますます不安になっていた。

駅まで行くまえに父の話が聞きたい、そう思って通常の出勤時刻に家を出たのだが、むろんマスクと「首輪」は忘れずに着けた。店まではゆっくり歩いても二十分。父の店の手伝いを少ししてから駅に向かえばいい。

一応「巣ごもり休暇」は今日から十日間とってあるし、父も「店のことは忘れて、しばらく気楽に過ごせよ」と言ってくれた。しかし未知夫とすればいつもどおり店に行くほうがよほど気楽だった。

「首輪」と呼んだのは、正式にはウェアリング・ポートというじつに多機能な装身具だ。直接、あるいはスマホなどの端末からの操作で冷暖房機の役目を果たし、必要なら消毒用のアルコールも噴出できる。また体温や血圧、脈拍や呼吸数、血中酸素飽和度なども自動で測り、GPS機能は勿論、マイナンバーも組み込まれているから役所や保健所でも個体行動が把握できる。「国があなたを守ります」という触れ込みで数年前に配布されたものだが、事実上は外出中も「繭の家」同様に個人を管理しようというツールだ。両親は「首輪」と呼んで嫌がるが、未知夫は不要な機能はOFFにして冷暖房機能と万歩計のみ使っている。GPS機能は外せないが、首暖房の気持ちよさには勝てない。今年の梅雨は思いのほか低温の日が続いたから尚更だった。

　外に出て歩きだすと、未知夫は温まった首を、仰《の》け反《ぞ》るようにゆっくり伸ばしてみた。梅雨の合間の青空にはすでに多くの配達用ドローンが飛び交い、遥か西の空にはアルコールを散布する大型ドローンも低空で飛んでいる。夕方は蝙蝠、朝昼はドローンが空を占領するのはいつものことだ。そして足許には、「繭の家」の間を縫うように幅広の道路が柔らかな曲線で延び、あくまでも一定の距離をとりつつ自動運転車や歩行者、運送業者や無人タクシーなどが行き交っている。白いエプロンを着け、一定速度で歩道を進んでいくのは介護用ロボットだ。

　歩いている女性の多くはマスクではなく、ニカブを身に着けている。もともとニカブはムスリムの女性が目だけを出して顔や髪を隠す布だが、これなら前布を捲《めく》れば飲食にも困らないと、いつしか女性の外出の際の定番になっていった。不織布製のカラフルなものも多く、もはやそれはイスラム教徒の専有物ではなく、世界中で使われるマスク代わりの衣装だった。

　それにしても、日本人はいったいいつからこれほど走らなくなり、これほど急がなくなったのだろう……。昔、約百年あまり行なわれていたというオリンピックの動画をネットで見つけ、必死に運動する姿を不思議に思って父親に訊いたことがある。父は「お前が生まれた頃からじゃなかったかなぁ」と答えたが、そういえば未知夫が生まれる数年前に「ＣＯＶＩＤ-ｘ」のパンデミックが起こり、日本でも人口のおよそ二十分の一が亡くなった。その渦中に母親の兄も亡くなったわけだが、その頃から人は徹底して無用な外出をしなくなり、外での運動もしなくなった。

やがて東京から流出した人々の多くが独り暮らしをするようになり、「繭の家」が提供されはじめ、それが全国に普及していった。そしていつしか一般道もスピードの出しにくいカーブの多い形に造り替えられ、気がつくと外を走る人は誰もいなくなっていたという。当然、オリンピックや世界選手権も開催されなくなり、他国との物品の輸出入はあるが人の往来は極力避けられるようになった。昔は「経済大国」と呼ばれたこともあったようだが、父に言わせれば今のこの国は「よく言えば小さくておとなしい、遠慮なく言えば臆病なほど慎重な島国」になってしまった。安心・安全のみを目指し、そのくせ贈収賄ばかりが跋扈《ばっこ》するこの国は、結局そんなイメージに落ち着いたのだろう。

「どうしても走りたい人は東京に出ていったんだ。あそこは日本でありながら日本じゃないしな」と父は言う。そういえば未知夫も皇居の周囲を走る人々を以前ネット配信で見た覚えがある。それは「東京潜入」という人気コンテンツで、東京ならではの不思議な習俗を紹介するのだが、リポーターが「マスクもしないでなぜ外で走るんですか」と訊くと、四十代と思しき男性は「うるせぇ」と言って若い女性リポーターに殴りかかろうとし、逃げのびた彼女が次に訊いた高齢女性には「あなたたちはどうして走らないの」と逆に詰問されていた。マスクのまま諦め顔をつくるリポーターの画面下には「怨念のランニング」とテロップが流れ、カメラはやがて東京の鬱蒼《うっそう》とした森をズームアップした。東京はちょうど昔の香港のように、この国の方針に従わない人々の居住区と言っていい。「繭の家」も普及せず、木造や鉄筋の家に今も家族で住むケースさえあり、まるで未開の国のようだった。

思えば未知夫が小学校に通いだすまえに、東京以外のマスク着用率は百パーセントに近かった。女子用のニカブもすでに売られていた。マスクやニカブを身に着けるから尚更人は走らない、急いで行く場所もない、運動も繭の中以外では殆んどしない、という世の中になったわけだが、むろんGDPなどという価値基準も目にしなくなり、国は「健康長寿」と「感染防止」のみを掲げ、とにかく税収だけは維持し、AIで管理するばかりの組織に成り果てた。国会議員も官僚も、神殿に鎮座するAIのオペレーターに過ぎないのだった。

父は「人生に対する考え方が、まったく変わったんだな」とも話していた。

「『COVID‐19』のときは目先の経済や観光業を気にするあまり、蔓延をなかなか止められなかった。『COVID‐x』になると人口も相当減っていたし、政府は迷わず都市封鎖したんだが、ウイルスは前のときよりもっともっと進化してた。無症状のまま人に感染《うつ》るのは前の奴もそうだったが、今度のは同じように無症状でも体内では静かに進行していて、いきなり倒れてしまう。気づいたときにはもう手遅れだ。若者も年寄りもなかった。しかも空気感染もするし抗体もできない、当然ワクチンもできない。そんな状況だったから、人にも会えないし、どこにも行く気にならんじゃないか」。父親はしかしそう言ったあと、小声で付け加えた。「しかしそうは言ってもなぁ、人は人とどうしたって接したいもんだ。……命より大切なものだってあるんじゃないか」

それはたしか未知夫が「東―北―6番地区」の大学に入学したあと、初めてスクーリングに出かけようという朝のことだった。父は店裏の倉庫の中でなんのつもりか初めてマスクを外し、そう言って未知夫に小さく笑ってみせたものだ。後にも先にも父の裸顔を見たのはその一度きりだが、それがなければきっと父の店を手伝う気にもならなかっただろう。

雲が薄れて朝陽が強まり、辺りの「繭の家」が白く輝いて見えた。未知夫はうねるように丘へ続く道をゆっくり登りながら、さっき朝食のときに視ていた映像をふいに憶いだした。

ニュースでは「西—西地区」の広範な大雨被害を報道していた。みな防水加工の「繭の家」ごと流されただけで、死者は出ていない。最近の不織布の進歩は著しく、防音・耐震・防塵《ぼうじん》・抗菌はもとより、防水機能もほぼ完璧だった。海まで流されてしまうと救助が大変だが、大抵は川の縁や橋の下などに滞留し、「繭の家」ごと国家防衛隊（前身は自衛隊）に救助されて元の場所に戻されるのだった。

未知夫は遥かに文房具店の見下ろせる丘の上に辿り着き、父が話した「命より大切なもの」についで歩きながら考えてみた。

「友情」、「信頼」、「敬愛」、「共感」……。どこかの標語のような言葉がいろいろ浮かんではきたが、どれも実感が伴わず、まるで消毒されて死んでいく細菌やウイルスの名前のようにも思えた。少なくともそれらは皆、未知夫のように幼時からマスクをしたまま育った世代には、到底培養できない感情のような気がした。

「お、なんだ、来たのか」

店に入ると父は、目をぱちくりさせてから嬉しそうにその目を細めた。むろんいつものグレーのマスクは着けている。

「やることないし、少し手伝ってから行くよ」

「やることないって、……髭は剃ったのか」

「剃ったよ」

「疵《きず》はできなかっただろうな」

「……と思うけど」

自分の顎をマスク越しに擦りながら、未知夫はようやく父の顔の下半分をリアルに憶いだす。そしてどうやら父が、「巣ごもり感染」を心配しているのだと理解した。裸顔で向き合えば複雑な感情も素早く読み取れるのかもしれないが、マスクのせいでそれはいつだって緩慢で曖昧だった。

「巣ごもり」では、重篤《じゅうとく》な感染が起こる可能性をどうしても排除しきれない。髭剃り痕の疵や体表の擦り傷なども注意すべき侵入経路だと、未知夫は政府運営のブログ「ヘルシーデイズ」で読んだ覚えがあった。政府、というか衛生勤労省は、むしろ冷凍保存した卵子と精子による安全・

安心な試験管交配を推奨しており、けっして「巣ごもり交配」を奨《すす》めてはいないのだ。

グレーの作業着を着た父は定席のレジ横の椅子に坐り、未知夫はノート売り場を通りすぎてサインペンや各種の糊《のり》が並ぶ通路に進んだ。レジ前には大きなアクリルボードが立っていて、父と落ち着いて話そうにも店内には無数の文房具が溢れ、踏み台以外に椅子はない。かといって未知夫がいつも坐る奥のパソコン前まで行けば、話どころかお互いの顔も見えない。

「まぁ、嗽《うがい》でもしてきたらどうだ」

「あ……」

父に促され、未知夫は慌てて店先の洗面所に戻って丁寧に消毒液で手を洗い、数回嗽を繰り返してから再びマスクを着けた。「繭の家」もそうだが、洗面所やシャワー室を入口近くに設けるのが今や設計上の常識だった。どこであれ、外を移動したら必ず両手を清め、嗽をしてから中に入る。うっかり忘れるなんて今日はどうかしている……。

時間はまだ充分にある。未知夫はひとまずパソコン前に坐って注文メールを確認し、いつもの感覚を取り戻そうと思った。普段は未知夫しか触らないパソコンだが、休暇中のメール注文の確認とドローン配達は、隣接して化粧品を売っている三木さんに頼んである。むろんリモートで繭から操作することも可能だが、今回は父の勧めに従って頼むことにしたのだった。

いつもより念入りにキーボードにアルコールを噴霧して拭き、未知夫は順次五通ほどの注文メールを確認した。たまにだが、飛行禁止区域にかかるエリアや遠すぎる場所から注文が入ることもあり、三木さんにその対処法も伝えなくてはならなかった。

それにしてもこの店は、つくづく不思議な取り合わせだと思う。三つの大型の繭が組み合わされ、一つでは文房具を購《あがな》い、もう一つは化粧品店だが、その後ろにもう一つ繭があり、文房具の倉庫兼父の自宅になっている。化粧品のほうは三木さんと浅川さんという女性二人で主に運営しているのだが、どうやら経営は両店とも父らしい。二人とも父を「旦那さん」と呼び、文房具の搬入や片付け、掃除など、なにくれとなく手伝ってくれる。そのあたりのことも母には気に入らないのかもしれなかった。

パソコンの画面に見入っていると、三木さんが「おはようございます」と言いながら甘い香りと共に近づいてきた。四十歳前後で、色白の顔にピンクのマスクがよく似合う。

「あの、ドローンの飛行距離なんですけど」

「そうそう、それを話し忘れてました」

未知夫は一メートルほど先で両手を膝に置いた三木さんに向かい、ドローンの操縦機を見せながら配達法を初めから確認した。

注文を確認したら操縦機に相手の所番地を入力し、すると飛行距離と時間が自動的に算定されて画面に出る。GPS機能とマップが操縦機じたいに搭載されているのだ。往復分のバッテリーが充分あるかどうかは残量を示す数字の色で見る。緑なら大丈夫だし、赤はダメ。黄色だったら充電したほうがいい。フル充電で片道およそ二キロ以内と思えばいいが、それ以上の距離なら車で届けるしかない。むろん、本人に取りに来てもらえるなら大歓迎だが、近頃はとにかく繭から出たがらない人が多いのだ。このドローンで運べる重さは三キログラムまで。本体の下の袋に入れるまえに、重さを測ってみたほうがいい。

「ＯＫなら注文者に、およそ何分後に着く予定か、音声かメールで連絡してください。連絡がとれたらあとは飛ばすだけですが、……飛ばしてみますか」

やはり実際にやってみないとわからない。未知夫は注文のあったノート三冊と万年筆のスペアインクを一箱持って倉庫から階段を上り、特設のドローンポートまで先に立って上がっていった。最初の注文者は常連の中村のお爺ちゃんだったから、三木さんが上がってくるのを待ってスマホで連絡した。

「あ、中村さん、いつもありがとうございます。ご注文の品ですが、これから約三分後にドローンでお届けしますので、その頃に玄関先に居てくださると助かります。大丈夫でしょうか。はい、はい、どうぞ宜しくお願いします」

中村さんのマスク姿の細い顔と、丸まった背中が目に浮かぶ。この店を手伝うようになって二年ちかいが、中村さんは高齢のせいか最近は姿を見せず、注文メールがスマホから届くのだった。

およそ一坪ほどのドローンポートに置かれた銀色の格納庫の中に、一平米ほどの黒いドローンが鎮座している。巨大な蜘蛛のようでもある。未知夫は「ここに入れますよ」と言って品物を三木さんに見せながら本体下の袋に入れ、それから操縦機を持って三木さんの横に立った。

「まず、このスイッチを押して、……四つのプロペラがこうして回ったら、……このレバーを上に上げます」

「うわっ」

浮上した機体に驚いて三木さんが壁に背中を押しつけた。機体は三木さんの髪を風で吹き上げてまっすぐ浮上していった。梅雨の合間の真っ青と真っ白の空と雲が、黒い機体を高速で吸い上げていく。

「あとはこうやって、レバーをカチンというまで上げると、自動運転に切り替わります。高さ四十メートルほどで飛んでいきますから、自宅前で降りはじめるまではこの画面で空からの景色を楽しんでください」

そう言って操縦機を渡すと、三木さんは「うわぁ、きれい」と言ってモニター画面を覗き込んだ。そこには陽光に照らされたなだらかな丘と、ほぼ等間隔で並ぶ「繭の家」が俯瞰《ふかん》的に見えているはずだ。未知夫は思わず「なにがきれいなんですか」と訊いてしまった。

三木さんは未知夫に振り向き、もう一度モニターを見つめてから言った。

「だって上から見ると、こんなに緑が……」

「え、……ああ、……草ですか」

なるほど言われて見れば、点在する「繭の家」の間を縫う血管のように、緑色の線が細かく走っている。おそらくアスファルトのひび割れや隙間から生えたのだろう。梅雨どきで濃く見えるのかもしれないが、未知夫はそれまで何度ドローンを飛ばしても、それが自分の目にとまっていなかったことに呆然とした。

「こんなに生えてたんだ」

三木さんの手許の画面を覗き込み、未知夫が素直に呟くと、三木さんは笑いながら強いアイラインで縁取った目をパチパチ動かした。

「そりゃあ草は最強ですよ。それと、菌類ですね」

三木さんはそれから「冬虫夏草《とうちゅうかそう》」を話題にし、「あれは、だって昆虫を乗っ取った菌類でしょ」と興奮して話していたが、ほどなく操縦機のホバリング・ランプが点き、ドローンが中村宅前に到着したことを知らせた。「あ、着きました。ほら、モニターに中村さんが映ってるでしょ。ドローンに搭載されたレーダーとカメラで、目的地に人を見つけるとこうしてホバリングして待機するんです」

「賢いですねぇ。でもここからが難しいんでしょ」

「それほどでもないですよ」と言いながら未知夫は三木さんから操縦機をまた引き取った。「初めはこうしてこのレバーを使って、中村さんに向かって斜めに降ろしていきます。頭上とか、本人のすぐ前に降りると怖いですから、できれば五メートルくらい手前で相手の目の高さまで降ります。カメラは自動で動いて、水平までは追えますから、ほら、中村さんが正面に見えてるでしょ」

「あ、右手を挙げました」

「はい、はい。そこでこの自動着陸ボタンを押す、……と、ゆっくり降りていって、はい、プロペラも止まります。……ほら、中村さんが近づいてきましたけど、もう顔は見えませんから、袋から商品を取り終えてドローンから離れていくのを見計らって、……充分余裕をみたほうがいいんですが、大抵の方はドローンが飛び立つのを確かめるまで見てますから、あんまり間を空けてもいけません。……そろそろいいですかね。それじゃ今度は、この帰還ボタンを押します。……あとは全自動でここまで戻ってきますから心配は要りません」

三木さんが詰めていた息を吐き、未知夫のスーツに密着させていたノースリーブの二の腕を離した。

「難しそうですね」

「大丈夫ですよ、三木さんなら」

そう答えて未知夫は笑ってみせたが、このときはマスクの存在がことのほかありがたかった。とにかく密接・密着に慣れていない未知夫だから、スーツ越しでも女性と接触するのは特別なことだ。三木さんが離れた途端にそれまで密着していた感触が甦り、間違いなく未知夫は顔ぜんたいが上気するのを感じた。

今朝のニュースでも何件か、「マスク略取事件」が報道されていたが、未知夫にはその気持ちもよくわかる。きっとたいした理由もなく、無性にマスクを奪ってみたくなるのだろう。ただマスクを外したその瞬間の顔が見たい、それだけのことで、その後は呆然と立ち尽くすだけなのだが、それは最も頻繁に起こる軽犯罪で、罰金は二万円未満、身柄拘束なら三十日未満だと聞いたことがある。

未知夫は気を取り直して三木さんに向き直った。

「雨が降りそうだったり、風が吹いてるときは無理ですから、しばらく天候の回復を待つか、急ぐなら車で届けるか、電話やメールで相談してください。……じゃあ、帰還見守りはお任せします」

そう言って未知夫が慌てて階段を降りようとすると、黙ったまま三木さんが中腰で近づいてきて言った。

「今日はスーツなんですね。……いい方だといいですね。がんばってくださいね」

「え、……ああ、……はい」

父が話したのだ。べつに隠すことではないのかもしれないが、未知夫はマスクの下で唇を噛んだ。

しかし階段を降りながら三木さんの言葉を反芻するうちに、次第に素直な気持ちになっていくのを感じた。「いい方だといい」、確かにそれを念ずるばかりだった。三木さんはきっと「いい人」に出逢えたのだろう。彼女にはたしか小学生の子供が二人いるはずだが、「巣ごもり」は何度したのだろう……。

レジカウンターの前には常連の田中さんが作業服姿で来ていた。いつも妙なものを買いにくる工務店の社員だが、殊勝に手を洗い、嗽も終えてから黒いマスクを掛け直した。

「お宅ならあるだろうと思ってさ、電器屋に行かねぇで来てみたんだ。これ、あっかい？」

今日はどうやらリチウム電池をお探しらしい。手袋の指先で銀色の丸い電池を抓んでみせ、マスクを鼻息で膨らませながら訊く。

「ちょっと待ってくださいよ」

そう言って父はゆっくり立ち上がり、細い通路を揺らめくように歩いていって倉庫に消えた。父の心臓の持病のことを、田中さんも知っているのだろうか。菓子折ほどの箱を父が両手で持ってよたよた出てくると、静かに待っていた田中さんは「あるのかぁ……」と感嘆の声を発しながら未知夫より先に父に近寄り、箱ごと受け取ってレジのほうまで運んでくれた。倉庫の中の在庫品については父以外は誰も知らない。呼ばれて「あれ取って」と言われないかぎり手の出しようもない。しかも父は客によって値引率を変えているからレジも手伝いようがなく、未知夫はただぼうっと通路に佇んでいるしかないのだった。

箱の中の電池を幾つか抓みながら父が言う。

「ええっと、これですかね。……ちょっと小さいか……、あ、これだな。品番も同じだし、はい、これです」

「凄いなぁ、さすが文房具の『よろずや』さんだ。こんなの文房具じゃねぇと思うけど、……あるんだもんなぁ」

感服したようにそう言いながら、田中さんは化粧品コーナーのほうをちらちら覗き込んでいる。

「ベーゴマだってあったし、双六《すごろく》も花札もあった。あんなの、文房具かって思うけど、あるんだよなぁ」

誰にともなく昔の話をする田中さんの思いを察したように、父は田中さんと同じほうへ向いて大きな声を出した。

「浅川さん、ちょっと領収証書いてくれるかなぁ」

「は〜〜い」

父は最近、視力がかなり落ちたため、手書きにこだわりつつも領収証書きは三木さんか浅川さんに頼むことが多い。若い浅川さんが弾むような足取りでやってくると、案の定田中さんは目を細めた。

「お姉ちゃん、花札なんて知ってるか。双六もそうだけど、密着・密接するからってずっと前に禁止された遊び道具だ。それがここには売ってるんだぞ。凄いと思わねぇか」

「ええっ、本当は販売禁止なのに売ってたんですか」

微笑みながらブルーのマスクで驚いてみせた浅川さんだが、すぐに表情を戻すとレジ横に立って領収証の束を開いた。スマホで支払うのにいまどき領収証を求めるのは、先に個人払いしたものを会社で受け取るためなのだろう。それはわかるが、田中さんがいつも領収証を欲しがるのはそれだけでなく、化粧品のほうの店員と他愛もない話をするためなのだ。

化粧品店の売り子や理・美容室の客、歯科や耳鼻咽喉科の患者、歌い手や管楽器奏者など、世の中には公にマスクを外すことが承認される立場の人々が一定数いる。そして最もお手軽に生《ナマ》で覗けるのが対面販売で自らマスクを外すことのある化粧品店の売り子だろう。人は、いや、この辺りの男たちは、少なからず裸顔を見る生のチャンスに遭遇しようと、この「よろずや」を訪れるのである。うまくいけば、客まで一緒にノーマスクの状態を見ることができる。人々の欲求は、長年のあいだにどんどん縮小しながら鬱屈した。大部分の男たちは顔を見る以上のことを望むわけでもないのだが、裸顔を見ただけで特別な秘密を知ったような心境になるのもちょっと怖い気がした。

田中さんはきっと一度ならず浅川さんの裸顔を見てしまったのだろう。領収証を持ったまま「旦那さん」の計算を待っている彼女に、さかんに花札についての蘊蓄《うんちく》を語りだす。

「猪《いの》・鹿《しか》・蝶《ちょう》ってそれぞれ何月か知ってるか」

「え、……蝶は春だし、四月ですか？　でも動物に季節なんてあるんですか」

「あるさ、植物も動物も、みんな昔から旬が決まってるんだよ、なぁ、旦那」

父に同意を求めたが、父は「そうそう」と頷いたものの、すぐに計算機に目を戻した。田中さんは仕方なさそうに勝手に指折りながら話しだす。

「一月が松で二月が梅だろ」

「それはなんとなくわかります」

「三月桜、四月が藤」

「え、藤は四月ですか」

思わず未知夫も加わってしまった。昔あった日本の自然として、電子書籍では見ていたが実物は知らなかった。

「おお、なんだ、息子さんか。そりゃあ旧暦だからよ。……お姉ちゃん、旧暦って知ってるか。ま、それはいいや。んで、五月はあやめで六月牡丹、七月が萩で八月が坊主だ」

「え。……坊主って、お坊さんですか」

「いやいや、まぁ、はげ山だな。この辺りはみんな坊主になっちまっただろ。そこに満月がかかると二十点だけどな」

「三百二十円」

父が小さな声で呟き、浅川さんがその数字を領収証に書きだす。それを横目で見ながら田中さんは続けた。

「で、九月が菊で、十月が紅葉《もみじ》、十一月が雨で、十二月が桐だろ」

「十一月が雨っておかしくないですか」

思わず未知夫はまた口を挿《はさ》んだ。すると父も加勢するように言った。

「そうそう、それに十一月の『ひかりふだ』は柳に蛙、そして小野道風が描かれてますけど、蛙は十一月には冬眠してます」

「あ、そうか」

田中さんは眉根を寄せ、驚きと落胆の混じったような目になった。すると浅川さんが責め立てるように言う。それもサービスだ。

「だったら猪・鹿・蝶はいつなんですか」

「そりゃあ、猪は萩だから七月だろ。鹿は紅葉で十月、蝶は牡丹だから六月だよ。……そういうことになってるんだよ」

「今は雨といえば六月か九月、まるで雨期みたいですけど、昔は十一月にたくさん降ったのかなぁ。……江戸時代は降ったのかなぁ」

未知夫がそう呟いて話は有耶無耶になった。すると父は「値引きしますか、付けておきますか」と訊き、田中さんが「付けといて」と答えたので父はレジに置いてあるノートに何か書き込んだ。会社の経費で買うものの値引き分を中村さんは個人に付けてもらったわけで、どうしてそこまでするのかと、未知夫は以前父に詰め寄ったこともある。しかし父は、「いいんだよ」と受け流し、数秒措いてから「このくらいしないと、おつきあいしてる気がしないんだ」と答えた。

そういえば、父が子供の頃にはまだ貨幣や紙幣と呼ばれた現金を使っていて、買うほうにも売るほうにももっと商売の実感があったらしい。「COVID-19」のときにも兆しはあったようだが、「COVID-x」が流行すると明らかに現金はばい菌扱いされた。コインは一気に流通しなくなり、紙幣も各家でアルコール洗浄が繰り返されてぶよぶよになった。やがて絵柄も見えにくくなった紙幣はとうとうコインもろとも廃止になり、未知夫はこれまで一度も現金というモノを使ったことはなかった。当然銀行も殆んどオンラインで済むため、繭型に小規模化した。

今では「よろずや」でも顔認証で入店時点で登録してあるカードに繋がり、買った額面が端末機を通して自動的に引き落とされる。父は人によって違う割引率で割引く分を本人に戻し、その面倒な手続きでようやく商売の実感が湧くというのだった。

田中さんは割引分がノートに書き込まれるのを見ると、「オヤジさん、いつもありがとう」と軽く頭を下げた。そして「なにか持っていきますか」と父が訊くと「今日はいいかな」と答えた。要するに、割引分がだいぶ溜まっているから、それで買えるものなら何でも無料で持っていっていいと、父は言っているのだ。

いったい何のための商売かと、未知夫は疑ったこともある。しかし父はそんなとき、いつも「いいんだいいんだ」と受け流し、「客が驚いたり嬉しがったりするのを見たら嬉しいじゃないか」と言って笑った。定価五万円の万年筆を三万二千円で売ったときも、二十一万の椅子を十三万円余りで譲ったときも、父は「うちは単なる中継点だから」と言って未知夫の疑問に取り合わなかった。もしかすると父は、昔のように物を直接やりとりし、多くの客になるべく長く接し、少しでも感染の危険に晒されることを楽しんでいるのではないか……、そう思うことさえあった。

そうとでも思わなければ、常連が多いとはいえここまで接触時間を増やし、複雑な値引きをする理由が思い当たらないのだった。

田中さんが出ていくと浅川さんも所定のカウンターに戻り、やがて自動ドアが開いて化粧品のほうに客が入ってきた。

まだ三木さんはドローンポートから戻っていなかったが、浅川さんはマスク姿で愛想よく客の需《もと》めを聞いている。客はクリーム色のニカブを被っていたがやはり常連客の一人だ。

会話の声が小さく、内容まではよく聞こえないが、どうやら珍しく口紅をお需めらしい。世の女性がマスクやニカブを着けるようになると口紅需要は一気に冷え込んだ。しかしそれはむしろ特殊化の契機だったようで、各社が競って高級品を売り出し、ほどなく「マスクに付かない」製品を中心に売り上げも回復していった。ネットでも唇や鼻を映す画像は禁じられて久しいのだが、まるで大昔の闇製品のように、口紅は特別な日のために確実に需められていた。

カウンターに置かれた楕円の鏡に、客のニカブが映っている。しばらく見つめていると、客はクリーム色の布を捲り、その口許を露《あら》わにした。下唇の左下に小さなホクロがあり、程よく膨らんだその唇には淡くルージュが塗られている。

未知夫はすぐに通路を移動し、もっとよく見えるトナー売り場の隙間から覗いてみた。そこからだと客は後ろ姿しか見えないが、浅川さんのブルーのマスクが斜め前に見えた。そして待っていると、浅川さんも遂にマスクを外したのだった。

唇はやや薄く、口紅はちょうど画像で見た侘助《わびすけ》の花弁の色だった。皓《しろ》い歯が少し出ているのも愛嬌と思えるのは、すんなりした鼻と笑顔のせいだろうか。未知夫とは同い年くらいのはずだが、父の話ではこれまでに四度「巣ごもり」し、四度目のときは国から報奨金をもらったらしい。子供たちの父親とはすでに離婚したようだが、近所の幾つかの「繭の家」を毎日軽自動車で巡りながら子育てに勤《いそ》しんでいる。

そうして浅川さんの口許に注目していると、閉じきれない唇は口紅の売り子に向いていないように思えたが、思えば買い手が見たいのはべつに売り子の綺麗な唇ではない。浅川さんがわざわざマスクを外したのも、きっと笑顔を見せやすくするためだ。ファンデーションでも口紅でも、売るのにいちいちマスクを外す正当な理由はないが、化粧品の販売では客の肌に触れてはならないという鉄則もあり、きっと笑顔で売るということなのだろう。

「これなんかお似合いじゃないですか」

浅川さんは目の前でアルコール消毒した左手の甲に、一つをリップブラシで塗ってみせた。あまり反応がないので「あ、思い切ってもうすこし明るいのにしたほうがいいのかも」などと呟きながら象牙色の肌に二本目のラインを引いた。消毒を済ませた客は「これって、派手じゃなぁい」と言いながらややオレンジ系の口紅を付けたリップブラシを受け取り、自分の手にも引き、その手をニカブ越しに口許まで運んで鏡に見入るのだった。

「やっぱりもうちょっと落ち着いてるほうが、いいかしら」

「そうですね。……たしかに奥様はもう少しシックな感じのほうがお似合いかもしれませんね」

浅川さんがもう一本、ゴールドのスティックを取り出した。今度は自分の手には引かず、しかもブルーのマスクを再び着けてから恭しくリップブラシでなぞり、リムーバーを沁み込ませたコットンを手渡す。

「どうぞお試しになってみてください」

なにも知らない未知夫にも、なんとなく高級感が伝わってくるような薦め方だった。やがて客は渡されたコットンで丁寧に今塗っている口紅を拭い取り、手袋をした浅川さんにそれを手渡し、リップブラシでまず手の甲に塗ってから黙って頷いた。そしてニカブの前布を完全に外し、鏡を覗き込むと、右の口角にリップブラシを当てて……、もう限界だった。未知夫は荒い息を吐いてトナーの棚を離れた。そして書道用品の棚のほうへ逃げるように移動したとき、恰度階段を降りてきた三木さんに出逢った。

「あ、未知夫さん。大河原さんと八木さん、うまくいきました。あとは武田さんと柳沼さんですけど、武田さんのご注文って、『いつもの』ラベルシール百枚セット、としか書いてなくて」

「旦那さんに訊くしかないね。……きっと知ってるよ」

「……そうなんですよね、ほんっと驚きますよね」

三木さんはそう言って首を傾げながら離れていってくれた。未知夫はその後ろ姿を見送りながら、今日の自分はどうかしてるとつくづく思った。

ふとした拍子に三木さんのピンクのマスクの隙間から微かに小鼻のラインが見えた、気がした。ただそれだけなのだが、未知夫はすぐさま三木さんのプロポーションのいい唇を憶いだした。「上唇一に対して、下は一・五くらいが理想のボリュームなんです」。浅川さんは「自分のは、だから、ダメ」と言って笑い、「三木さんの唇って綺麗なんですよ」と話していたが、未知夫は実際トナーの棚から以前覗き見たとき、青み寄りのピンクで塗られたその膨らみに、目を奪われた。唇どうしの蠢《うごめ》きが、まるでそこだけ別な生き物のようだった。

しかしなにゆえ今そんなことを憶いだすのか……、憶いだしてどうなるというのか……、未知夫はただ戸惑うばかりだった。

カラフルなファイルの棚の辺りに、ふいにマスクを着けた波江の顔が浮かんだ。それは今にも笑いだしそうな茶目っ気のある目と、化粧しているのかどうかも判らない浅黒く艶のある肌……、そして天然らしい茶色く短めのウェイヴヘア……、プロフィール画像のままの波江の姿だった。

未知夫はいつしか無意識に波江のマスクの中身を想っていた。具体像はなにも浮かばないまま、それは漆黒の穴の底の見知らぬ生き物のように蠢きつづけた。どうやらそれは、「遠足」で洞窟の中で握った手の持ち主の幼い口許のようでもあり、また三木さんの唇のようでもあった。想像の翼はあまりに小さかったが、未知夫にとってはそれでも身に余る豊穣と思えた。

倉庫の奥の古い丸テーブルに、未知夫はようやく父と向き合って坐った。すでに十一時近かったと思う。

普段は父が休憩するためのスペースで、新旧さまざまなダンボールが三方に積み重なっている。こうして二人でこの部屋に入ったのはもう八年も前、未知夫が大学に入った直後だが、そのとき父はここで初めて裸顔を見せたのだった。

休憩室には見上げる位置に小さな窓があり、今はそこから差し込む光だけが傷だらけの丸テーブルを照らしていた。

今回は未知夫のほうから父を誘い、客が来たら呼んでくれるよう浅川さんに頼んできた。彼女が今日のマッチング「巣ごもり」のことを知っているのかどうかはわからないが、ニカブの客に無事口紅を売った彼女は、さらにマスカラを薦めながら上機嫌に「諒解で～す」と答えた。

先に坐った父が気遣うように口を開いた。

「おまえのお陰でドローン配達もする決心がついたし、お客さんも喜んでくれてるよ。工場や病院なんかのまとまった注文も、未知夫のネット営業のおかげだな」

未知夫がただ頷くしかできずにいると、父は俄かにごま塩の頭を掻いて目を細めた。

「興奮してるのか。……ずいぶんトナーの棚が気に入ってるみたいじゃないか」

「え」

知っていたのだ。こちらからは父の右肩しか見えなかったが、父は右に身を乗りだせばきっとレジの中からでも未知夫の姿が見えたのだろう。未知夫は慌ててマスクの中で唇を尖らせた。

「いや、まぁ、興奮はしてると思うけど、……なんだか自分でもよくわからなくて」

母に髭と鼻毛のことを言われたときよりも激しく顔が火照った。

「そりゃあ、仕方ないさ。初めてなんだし」

「父さんもそうだったの」

「そりゃあ興奮したさ。ワシのときは『COVID‐x』の感染爆発が起こって間もなかったし尚更だ。危険を冒すという興奮も多分に加わっていたな。……まぁ今だって終息したわけじゃないんだし、それは大差ないけどな」

父は高い位置の窓を見上げつつ、また目を細めた。同じ窓を未知夫も見上げてから、ふと、訊いた。

「相手は母さんなの」

「……いや」

思いがけない答えだったが、父の目は平静だった。

「誰だって失敗はあるさ。……それに、つらい思い出だって、ないより豊かだろ」

「……」

「二回目の『巣ごもり申請』を同じ人で出したんだが、……断られた」

「その人に」

「……まぁ、そういうことだろうなぁ」

曖昧な言い方をして父はまた窓を見上げ、それからゆっくり項垂《うなだ》れた。窓からの光を浴び、すぐに薄闇に沈んだ顔の微かな陰翳《いんえい》の変化から、父の言いたいことがゆっくり伝わってきた。おそらく父は、子供という成果は上げられなかったものの、その女性に惚《ほ》れたのだろう。しかし彼女の周囲の「世間さま」がそんな無益な再会は認めなかったということだ。衛生勤労省だけでなく、世間も身内も「巣ごもり」に公式に求めているのはあくまで「懐妊」なのだ。

「あ、東京生まれなんだって」

父が急に目を見開いた。意識的に話を転換するときの癖だった。

「そうそう、その東京のことも訊きたかったんだ」

父は間違いなく母からのビデオ通話を受けている。そう思ったが、未知夫はそれに拘《こだわ》らず、単純に東京についての父の想いを聞きたかった。たしか父は東京の大学に在籍していた頃、スクーリングから戻らず半年ほど東京に住んでいたはずだった。

「東京かぁ」

そう呟いて父は両手をごま塩頭の裏で組み、首筋あたりを拇指《おやゆび》で圧《お》しはじめた。薄暗い中空を見つめ、いろいろ憶いだしている様子だったが、急に未知夫の顎先に目を向けた。

「なんだ、その首輪して行くのか」

「え。……ああ、これ」

未知夫はすっかり忘れていたが、すぐに右手で自分の首を指さし、その軟らかい表面を摩《さす》ってみせた。

「GPSも付いてるんだろ」

「まぁ、それはそうなんだけど、弱温にしておくと気持ちいいんだ」

するとと父はキッカケを得たというようにまた両目を見開き、話しだした。

「東京っていう所はなぁ、とにかくそうして管理されるのを嫌う街だな。むろんワシらの頃はそんなモノはなかったが、おそらく今もあの反抗心は健在だろうな」

「……反抗心」

「そう。基本的に当時の政府は、マスクの義務化と『繭の家』の普及を熱心に進めていた。つまり家族も世間も解体して、AIの勧める『独り暮らし基本法』を制定しようとしてたんだ。それに猛反対する人々が東京に集まっていった。逆に、感染拡大防止にはそれしかないと思った人たちは、どんどん東京を離れた」

父は首を揉むのをやめてまともに未知夫を見た。

「言ってみれば、死なばもろとも、っていうのが家族じゃないか。その家族と離れても、個人の健康長寿ばかり優先する国と、都知事がぶつかったんだな。とうとう東京は、国とは別な道を歩むことになった」

「たしか国の予算は、今も東京には行ってないんだよね」

「当然、それはそうだ。……はじめのうちは東京だけ感染者が収まらなくて大変だったんだ。だから都市封鎖して、都外への出入りは禁止された。それでも脱京者は出続けて、田舎で繭ぐらしを始める人々は後を絶たなかった」

「ダッキョウシャ?」

「ああ、初めは『コロナ疎開』で済んでいたんだが、そのうち戻らない人が多くなった。当時は北朝鮮から韓国に逃げる脱北者に準《なぞら》えて、そう呼んだんだ。今は脱京者の二世、三世が全国の繭に散らばってるだろう」

なんとなく、未知夫は高校の倫理の教科書で「脱京者への差別」について学んだような気がした。父の話に従えば、波江も脱京者ということになる。母にはそれも気に入らないのだろう。

「しかし逆に、違法に東京へ移り住む人々もいた」

「そうなんだ」

「特に初めの頃は、地方で感染するとまるで犯罪者みたいにバッシングを受けた。自宅を突き止め、引っ越しても追いかけてきて塀に落書きしたり、無言電話をかけたり、最初のパンデミックのときもそうだったが、そのときも自粛警察のような連中が現れて、そりゃあ非道いもんだった。ある学校の先生が感染して、気づかずに学校に何日も行ってたんだな。そしたらその学校の生徒たちまで差別されて、スーパーへの入店拒否まで起こった。やむなく学校は私服通学に変えたけど、……とうとうその先生は自殺したよ」

「え」

それは倫理の教科書にも載っていないことだった。

「地方で感染した人たちはその街では生きにくくなって、大抵引っ越したりしたんだが、いちばん最後の受け入れ先が東京だったんだ。……東京では、最終的には家庭内での感染がどんどん増えて、しかも外からも感染経験者が大勢入っていった。夜の接客業も休業補償がなくなってからは意地になって営業してたな。……そういえばワシがいた頃は、ときどきテロも起こっていたもんだ」

「……テロ」

そう訊くと、父は笑いを怺《こら》えるような目で答えた。

「ばかばかしいと思うかもしれんが、SNS上で誰かが募るんだな。何月何日午後八時とか決めて、山手線の特定の駅からノーマスクで何家族も乗り込んできて、いきなり歌を歌いだすんだ。……むろん客たちは、恐れをなして両隣の車両に逃げる。すると今度は全員が椅子に坐ってさっきとは別な凱歌《がいか》を歌いはじめるんだ。山手線ジャックとも呼ばれたし、ノーマスク・テロとも呼ばれた。一般のマスクをした人々は誰も乗り込めず、少しずつノーマスクの人を増やしながら車両は山手線を回りつづける」

父の顔は懐かしげで、口調も穏やかだった。

「父さんも出遭ったことがあるんだ」

「ああ、隣の車両に逃げたけど、ガラス越しに見た彼らの楽しそうな様子が忘れられないよ」

そう言ってしまってから、父は慌てたように目を見開いた。

「むろん自棄《やけ》を起こしちゃいかんよ。だけどあの頃はまだマスクなしの時代を知ってる人が大勢いたからな、マスク生活がどうしても耐えられなかったんだろう。ワシもあの頃は、ああして自棄を起こす気分が理解できたもんだ」

「だけど、そんなことしてたらいよいよ感染が収まらないよね」

「そう。だから病院にも入れず、道端で死ぬ人も大勢いた。しかし東京に残った人たちはみな相互扶助の精神に溢れていたから、斎場できちんと送り出した。一度ワシもたまたま近所で行き倒れた人の葬儀に出席したことがあるんだが、マスクを着けた人たちが大勢来ていて、それはそれは立派なものだったよ。今の繭ごと燃やすゴミ焼却のようなやり方とは全く違っていたな」

未知夫はそんな儀式を想像してみようとしたが、浮かぶのはどうしても「繭の家」ごと燃えるあの青い炎だった。

「不思議なもんだよなぁ」

と父はしみじみ呟いた。

「それまでは、東京がいちばん家族縁が薄いし、自然へのこだわりも少ないと思ってたんだが、結果的には両方とも東京だけに残った。もともと皇居や明治神宮なんかの森はあったものの、家族や自然を求める気持ちも東京がいちばん強かったということなんだろうなぁ」

「……そうなのかな」

未知夫は疑わしげな声を出したが、父はすぐに「そういう人だけが残ったんだよ」と答え、少し強い語調になった。

「もちろん東京は、何度も感染爆発を起こして一時は人口も激減した。しかしそのうち、COVID-xの集団免疫ができてきたんだろう。外から東京に入ったりするとかなりの確率で感染するのに、東京に住んでる人はたまに感染しても軽症で済むようになっていった。最近は、東京では持病持ちしか罹らないし、症状も風邪に似てきた。だから家族が一緒に住むという古風な形が生き残ったんだろうな。SNS上ではない生の世間も、東京にはまだ残ってるらしい」

「……というと」

「まぁ、ご近所づきあい、みたいなもんかな」

今では耳にすることもない言葉だった。どうやら父にとっての東京は、けっして悪いイメージではないらしい。「古風な形」とは言うものの、父は一時それを望んだのではなかったか……。しかし思えば膨大な犠牲のうえに保《も》ち堪《こた》えたその形は、もはや「繭の家」で真似できるものではないだろう。今や多くの人がマスクなしで暮らすという東京は、何もかも別な世界なのだ。

薄暗い部屋で父の目は窓から漏れ落ちる光を映して煌めいた。未知夫は両目を見開き、話題を変えようと思った。

「あのね」

そう言ってから、父と同じように目を見開く癖に気づいた。

「あの、……『巣ごもり』なんだけど、どういう心がけで臨めばいいのかなぁ」

未知夫はマスクの上から鼻の下を摩り、照れをごまかしながら訊いた。すると父は丸テーブルの上で両手の指を組み合わせ、たぶんマスクの下で唇をきつく結び……、そして細めた目を未知夫に向けた。

「病気になったっていいじゃないか」

「……え」

「そう思えたら、『巣ごもり』すればいい」

「……思えなかったら」

「そのときは……、やめといたっていいだろう。また申請し直せばいいんだ。……同居するわけじゃないにしても、子供が出来たら否応なく夫婦だ」

「……ああ」

曖昧な声を出したあと、それで出来た子供が自分のような気がした。しかししばらく父の顔を見つめていると、未知夫は自分の背中から余分な力が抜けていくのを感じた。そんな手もアリなのだ……、そう思うだけでマスクの中に安堵の溜息がでた。

「だけどマッチングＡＩのイチ押しなんだし、ちゃんと根拠があって最適だって判断されてるわけだよね」

「そりゃあそうかもしれないが、……ＡＩに、情までは分からんだろ」

「……情」

それは言葉としては知っていても、これまで実感を伴って感じたことのないものだった。未知夫には夫婦がどんなものなのか、マスクをした両親とリモートで話していても見当がつかない。彼ら二人で話すときはお互い裸顔になるのだろうか……。時には二人で逢うこともまだあるのだろうか……。

未知夫がテーブルの上に目を向けていると、ふいに父は両手を耳に運んで未知夫を見据えた。

「久しぶりにマスクを取った顔を見せてくれないか」

そう言うが早いか、父は突然グレーのマスクを外して右手に握った。

「あ」

思わず声が出たのは、父が顎と鼻の下に柔らかな髭を蓄えていたからだ。窓からの光で髭は西洋人のような金茶色に見えた。

「いつもマスクをしてると、どうしても皮膚が蒸れて荒れるんだが、髭を生やしたらずいぶんマシになったよ」

父の口許はそう話しながら昔と違ってお茶目な動きをした。マスク越しではけっして見られない悪戯小僧のような顔で、それは一種の老化なのかもしれないが、未知夫にはそうは思えなかった。

父が裸顔を見せ合おうとする意図はわからなかったが、今度は自分の番だと素直に思えた。

「久しぶりに」と父は言ったが、おそらく未知夫が最後に裸顔を見せたのはマスクが完全には義務化されていなかった五歳までのことだ。

未知夫はまっすぐ父を見つめてマスクを外した。父も目を逸らさずじっとその露わになった鼻と口を見つめていた。空気が口許で渦を巻き、唇も鼻も風に晒されているようだった。未知夫が目を逸らすのを待って、父は静かに言った。

「やっぱり似てるんだな」

そう言って仄かな笑いを浮かべる父の口許を、未知夫はあらためて見つめた。なるほど、動こうとする上唇を下唇で封じるような笑いの怺え方は、未知夫もよくする表情だった。また鼻翼が薄くすんなり長い鼻の形も、たしかに父親譲りなのだろう。

未知夫が笑いを怺えたまま黙っていると、父はなぜか両手を後頭部に組み、天窓を見上げて言った。

「これはどう考えてもおかしいだろ」

「………」

「親子が会うのにどうしてマスク着けるんだ」

「………」

「夫婦がなんで十年以上会えないんだ」

あまりに単刀直入で、未知夫には答えようもなかったが、そんな規制などないことは父だって知っているはずだ。三親等以内はマスクなしでかまわないし、夫婦は申請しなくても会えることになっている。しかし父が言いたいのは、そんな法律のことではなく、実際に世間で行なわれ、自分の周囲にも起こっている不可解な自粛慣例のことなのだ。その言い方は駄々をこねるようだったが、父は突然言葉と一緒に抑えかねた感情を目から溢れさせ、金茶色の髭にもその滴が流れ込んだ。

「COVID-19」でも「COVID-x」でも、家庭内での根拠なき無防備さが感染を何度も拡大させた。そのことへの過度の反省・自粛が「独り暮らし」を加速させ、「繭の家」の激増を招き、地域や夫婦さえ解体したのだ。

未知夫は困惑しながらも父の潤んだ目を見つめ、自分のなかにも微かに同じ火種が燻《くすぶ》るのを感じた。そして父は、家族は無理でもせめて地域を取り戻すため、儲けを度外視したこの「よろずや」を営んでいるのだと理解した。

ふいにまた父が大きく目を見開き、首の後ろに組んだ両手をゆっくりテーブルにおろしながら言った。

「悪かったな。これじゃ国家安全維持法違反だな」

小さな笑いの息が未知夫の顔にもかかったが、それは笑いごとではなく、国が例外的に東京だけに認めてきた自治を無力化させようと提案し、東京人たちの激しい反発を招いている法律案だった。

父は飛沫を気にするように、あるいは今の言葉を打ち消すように両手で中空を払って立ち上がり、マスクをしてから言った。

「今日は大博打《ばくち》だな」

「……博打」

「そりゃあ、人生最大の博打だろ」

未知夫もマスクを着けながら立ち上がり、すでに平静に戻った父の目を見つめた。花札も双六も経験はないが、「博打」の意味くらいはわかる。父は小さな笑いの芽をその目に浮かべながら言った。

「人生を大きく変えるかもしれない大博打だ。……楽しんでくれよ」

「……」

父の言葉を聞きながら、未知夫はマスクの下の髭に包まれた悪戯っぽい口許をすぐに想い浮かべた。未知夫はマスクの下で口角を少し上げ、目尻に皺を感じながら「わかりました」と答えた。それから両手でゆっくり「首輪」を外し、テーブル越しに父に差しだすと、父は「おぅ」と応え、「預かっておこう」と言って危うげに受け取った。そして一呼吸つくと、両手でグレーの「首輪」を弄ぶように触りながら、マスクの中で噎《む》せるように笑った。

小さな駅だが、降りてくる人は意外に多い。未知夫は無人改札の近くに立ち、逆光のなかに現れる人々を次々やり過ごしながら次第に胸が高鳴るのを感じていた。キョロキョロ見回さず、ただ特徴的な髪の毛で見分けようと、天窓からの光を浴びた人々の頭だけをぼんやり見続けていた。しかし思ったよりニカブの着用者が多く、女性たちの髪は殆んど見えない。そして見逃したかと思ってあらためて周囲を見回すと、そこに波江が立っていたのである。

「あ」

髪も口許もネイビーのニカブに覆われて見えないが、三メートルほど離れて未知夫を見つめているのは間違いなく波江だった。未知夫の小さな声が聞こえたのか、微笑みながらこっくり頷く。同じネイビーのスーツに白いレースのシャツ、そして白い靴の横には茶色いスーツケースが置いてあった。

「あの、遠くまで、ありがとうございます」

未知夫が頭を下げながら言うと、波江は両手を腰の前で合わせ、柔らかな声で言った。

「どうぞ宜しくお願いします」

すでにお互いのプロフィールはＡＩの情報で知っているとはいえ、初対面で名乗り合わない違和感は微かに感じた。しかし会う目的がはっきりしているだけに、「宜しく」というありふれた挨拶もひどく現実的に聞こえ、未知夫は「こちらこそ」と応えただけで仄かな恍惚を感じた。

ＡＩのマッチングシートには、どちらの繭で「巣ごもり」したいか希望を誌《しる》す欄があった。未知夫が「自分の繭」にチェックしたのは、そのほうが女性にとって後腐れがないと思えたからだが、AIから第一候補として推薦された波江はきっと「相手の繭」を希望したのだろう。移動による感染可能性の増大を考えれば、それは勇気ある選択にも思えたが、意地悪く見れば、自分の繭に記録させないやり方でもある……。もしも波江がスマホなどのGPS付き端末を持たず、首輪も着けずに来たとすれば、会わなかったことにだってできる……。最近は、AIの薦める相手と会いながら、「原則どちらかの繭」を守らず、国に隠れてホテルで逢う若者もいるらしい。

未知夫は手袋を着け、波江のスーツケースを引いて先に出口のほうへ歩きだしながら、思わず振り向いて波江の首のあたりを見た。しかし当然ながらニカブで隠れ、首輪があるかどうかは判らなかった。

「タクシーに乗りましょうか」

「はい」

波江の返事の声は朗らかで、未知夫の余計な詮索も霧消した。

よほどのことがないかぎり、何でも波江の希望を訊いて決めていけばいい。そう思ったから、タクシーも事前予約の必要な無人タクシーではなく、有人のほうにするつもりだったし、昼食も波江の希望を訊いてからと思い、店の予約もしていない。

理由は知らないが、とにかく「マッチング巣ごもり」では相手との事前の直接的なやりとりが一切禁じられている。だから前もって希望を訊くこともじつはできないのだ。噂では、AIが二人のやりとりに介入したくなるから、ＡＩ自身の「自制」のため禁じているというのだが、本当のところはわからない。ただ、ＡＩがもはや「コンセントを抜けばお仕舞い」という代物でなくなっているのは確かで、誰も電源に近づけないよう何層ものバリアを自ら造ったらしいし、今や「自制」さえするというのだ。

未知夫はタクシーが見える場所まで進み、振り向いて波江に訊いた。

「お腹の具合はどうですか。お昼はまだですよね」

「はい」

「何がいいですか」

「何でも」

「……特に苦手なものはないですか」

「はい」

はい、と答えるたびにニカブの唇あたりが起伏し、頷く動きで風を孕む。大らかな返事と柔らかな布の動きに未知夫はしばし見とれたが、ふと思いついてたまに行く「風の丘」を薦めてみた。特に変わった料理というわけではなかったが、日替わりで内容が決まっているうえ、川に臨む景観が悪くなかった。

手短かにそのことを説明すると、波江は嬉しそうに目を緩めて頷き、「はい」と言ってまたニカブを膨らませた。

タクシーで「風の丘」に向かうあいだ、未知夫はあらためて波江の顔に見とれた。後部座席に並んで坐り、話しかけようとすると波江がそれを感じたようにこっちを向いた。艶やかな瞳の下で柔らかい下瞼がぽよぽよ動き、微笑みながら言葉を待っている。

「東京のお生まれだそうですが」

「はい」

「おいくつまで」

「小学校を卒《お》えるまでです」

今しがた行く先を告げた運転手がバックミラーのなかで額を動かした。眉間に皺を寄せたように思えたが、「東京生まれ」に反応したのだろう。未知夫は運転手にも聞こえる声で確かめた。

「中学からは、今の場所ですか」

「はい」

それは昔でいえば北陸と呼ばれた地域で、手つかずの自然や農業・漁業者が多いエリアだ。運転手には具体的な場所はわからないはずだが、東京から来たわけじゃないことが伝われば充分だ。

波江はしかし運転手など気にせず、東京の話を続けた。

「……四年生のときに父が亡くなって、六年生のときに祖母が亡くなったんです。……それで、母と相談して……」

「……ああ」

いきなり未知夫には経験のない、同居家族の話だった。東京生まれということは、そういうことなのだ。

未知夫は曖昧に頷いたが、おそらく母親との相談とは「家族税」のことだろう。扶養家族がいると、大昔は免税になったらしいが、「独り暮らし基本法」以後はむしろ大幅に加税された。波江にはたしか兄がいたはずだが、母親は三人分の家族税を払いきれず、二人の子供を国に預けた、つまりは「繭の家」に住ませたのだろう。「繭の家」に独りで住みさえすれば、十八歳までは学費も生活費も一切国がもってくれる。今の東京は独自の法律で動いているようだが、当時はまだこの国の法律に順《したが》っていたのではなかっただろうか。

今二十四歳の波江は、富士山が噴火したときには九歳、東京大震災のときは十四歳ということになる。

「あの、地震と津波のときは……」

未知夫は思わず訊いてしまった。すると波江は、また下瞼を揺らしながら小さな声で答えた。

「母はまだ東京で、内陸ですから津波は心配なかったんですが、古い木造の家でしたから、地震で中が滅茶苦茶になりました。でも本人はなんとか怪我もせず、無事だったんです。兄がわりと近くに住んでましたし、片付けに行ってくれて、私が駆けつけたときにはもうずいぶん片付いていました。……ご近所の人たちにも随分助けられました」

話し終えてからも下瞼が僅かに顫《ふる》えていた。どうやら波江の下瞼は、なにか大きな感情が通りすぎると顫えるようだった。

それはマグニチュード9・5の直下型地震で、二百五十キロ離れた地区に住む未知夫の繭も大きく揺れた。旧式家屋の多い東京での死者は、たしか圧死、焼死、水死を合わせて十万人を超えていたはずだ。主に津波による行方不明者も、「東―中」2番地区と6番地区、つまり昔の神奈川県や千葉県も含めると、五千人以上いたのではなかっただろうか。

波江の下瞼がまた顫え、少し間を措いてニカブの口許が動いた。

「地震のときは、私はもう東京にいなかったんですが、富士山の噴火が三年生のときあって、あれは本当に怖かったです」

未知夫は五年生のときこの地区で経験した。未明のことで揺れも音も感じなかったが、噴石や溶岩流の被害は自動で点いた国の公報画像で嫌というほど視た。北西の風に乗った降灰は東海はもとより東京や「東―中」地区一帯に及び、昼間でも薄暗く、そのうえ停電が何週間も続いた。電車も信号機も止まり、たかだか微少な灰で、生活の殆んど全てが動かなくなることに子供ながら驚いた覚えがある。地下ケーブルで送電される「繭の家」は防塵仕様でもあったから、溶岩流や噴石の直接的被害はあったものの、降灰被害はほぼ免れた。ただこの富士山噴火とその後の大地震で、更に多くの脱京者が出たのはやむを得なかったと言えるだろう。

「その時は家族五人で暮らしていたんですか」

「はい。……家の中が真っ暗になって、夜になると寒いからみんなで蠟燭の周りに集まって」

「たしかあれは、冬でしたよね」

「はい、二月でした。……でも、不思議ですよね」

「え」

「寒いとか、暑いとかって、そのときは重大なことなんでしょうけど、あんまり記憶に残ってないんです」

「……」

「覚えているのは、お婆ちゃんの笑い顔とか、父が大声出しながら乾布摩擦してる場面とか、みんなで双六をしたこととか、どうでもいいようなことばっかり」

「……双六、したんですか」

「はい」

「楽しかったですか」

「……ええ、とっても」

「マスクをして、するんですか？」

「……どうでしょう、よく覚えてませんけど、母は当時流行《はや》りだしたニカブを着けてましたね、いつも」

「怖かった」で始まった話だったが、結局それは家族みんなで怖かったという楽しい思い出話のように聞こえた。未知夫には幼時に親と同じ場を共有した思い出が殆んどなく、まるで別世界のお伽噺《とぎばなし》のようだった。

気になったのは乾布摩擦の父親が噴火の翌年に亡くなり、祖母が三年後に亡くなったということだ。未知夫はその死因が気になったが、波江の顔を見つめているとそれもどうでもいいような気になってくる。「COVID-x」は当時まだ完全には収まっておらず、散発的に感染者や死者を出していたはずだが、こうして目の前にいる波江が健康であるなら何の問題があるだろう……。また一時は強毒性鳥インフルエンザが猛威を振るったものだが、本人の病歴だけは、「繭の家」に住んで担当医が決まっている以上、この国ではけっして誤魔化せないはずだった。

家族の死因も、マスクのことも、ツツガムシ病についても敢《あ》えて話題にしないまま、未知夫はしばらくゆったりうねる車の動きに身を任せていた。波江もシートから背中を起こし、反対側の明るい窓を眺めていた。そうして波江と並んで坐っていることじたい、未知夫にはまだ現実のことに思えなかった。小学校の「遠足」以来、手を握ったこともない異性と、これからどんな時を迎えるのか、それは母親の言うように「危険」で「無謀」なことにも思えたし、父親の言う「大博打」であることも間違いなさそうだった。

遠くに青い山が見え、眼下に太い川が見えだすと波江が「うわぁ」と深い声を出し、未知夫に振り向いた。

「いい川ですねぇ」

未知夫には意味がよくわからなかったが、波江はまた窓に向き直り「ああぁ」と言ってニカブを震わせた。

「草も木もたっくさんあるし、虫や魚だっていそうですよね」

波江はまさに「目を輝かせて」ニカブの布を揺らした。窓の外を向いたまま波江は上機嫌だった。

運転手がアクリル板の向こうで首を傾げ、未知夫も絶句したまま波江と同じ窓を見た。ガラスに映った波江の横顔の先には、無数の植物の茂った川端が見えた。度重なる水害に国は連続堤防の考え方を諦め、古来の流域治水のやり方にずいぶん前に改めた。しかし現実には多くの地域で堤防が風化するに任され、流域の多くは藪《やぶ》としか言いようのない木々や草に覆われていた。そしてそこには大型化した蝙蝠の巣があると噂され、多くの人は近づかないのだった。

波江の頭の後ろから窓の外を眺めながら、未知夫はどこにあるか知らないマッチングＡＩに、なぜ彼女を選んだのか、訊いてみたかった。明らかに好意は感じるし、それは膨らんでいるようにも思えたが、生活や思考や感覚のあまりの違いがどうにももどかしかった。

見覚えのあるロボット犬が近づいてきて足許で止まった。今や多くの店先に似たような犬や猫、馬などが置いてあり、来客の体温を測る。ビーグル犬仕立てのロボットは未知夫の足許を嗅ぎまわり、すぐに尻尾を振ると、今度は波江の足許に移動した。波江はわざわざしゃがんで右手を犬の鼻先に翳《かざ》し、体温を測りやすくした。設定された温度以上だと、彼らは衣類などを咥《くわ》え、それができない場合は吠えたり鳴いたり嘶《いなな》いたりするのだが、蹴られて壊されるロボットが後を絶たず、多くの店では入り口近くで店員がロボットを監視しているのだった。

尻尾を振って二人の平熱を示した犬は、次は二人の間に置かれた茶色いスーツケースに近づいたが、明らかに戸惑っていた。前肢《まえあし》をケースの側面に付け、何度も鼻を近づけては首を傾げる。だいぶ廉《やす》いロボットなのだろう、スーツケースと識別できずにうろたえ、尻尾を巻き込んで吠えかかる気配を見せた。その途端、自動ドアの中からベスト姿の店主が出て来て「いらっしゃいませ」と愛想よく頭を下げ、ついでのように犬の後頭部を押さえてスイッチを切ってしまった。

スーツケースを店に預け、川に向き合う個室に通されると、店主は「本日の定食、でいいですか」と確認した。いつもは特に訊かれもしないのだが、今日は連れがいるから確認してくれたのだろう。「はい」と未知夫が答え、振り向くと、波江も微笑みながら頷いていた。

店主がいなくなると二人はアクリル板の衝立を挟んで向き合って坐った。ガラス張りの個室の外には川と川端が見え、岩にぶつかる水音が微かに聞こえた。この店には三つほどの個室のほか、十人以上は入れそうなアクリル板だらけの大部屋もある。川音に混じって壁越しに男女の笑い声が聞こえ、未知夫は久しぶりに人間が大勢で笑う声を聞いた。

基本的に食事は、不在を告げておかないかぎり給食センターから毎晩「繭の家」に届けられる。未知夫の場合、朝はお粥、昼は父の文房具店に届くお弁当をそれぞれ「孤食」するから、外食の機会は滅多にない。唯一の休日である日曜日にもあまり外には出かけず、買い置きの調理パンやレトルト食品で済ますことが多かった。正直なところ未知夫にとって食べ物は、タイムリーに腹を満たせればそれでよく、特にそれ以上のことを望む対象ではない。また誰かと一緒に食べるのが楽しいとはよく聞く話だが、楽しさよりも怯えや恥ずかしさが遥かに勝《まさ》っていた。なにより母親が極度に会食を避ける人だった影響が大きいのだろう。独りでこの店に来るのも二ヶ月ほどまえの日曜日以来だった。

「お手洗い、失礼していいですか」

未知夫はそう訊いて波江が頷くのを待ち、ゆっくり立ち上がって部屋を出た。鏡の前でマスクを外し、手を洗って据え置きのアルコールを噴霧し、何度か嗽をしてから胸の内ポケットに入れてあったフェイスヴェールに付け替えた。黒い繻子《しゅす》の布地は、両耳に掛けると鼻から喉元までを覆う。頭を前傾させると口と布の間が開き、たいていの飲食物は左手で布を持ち上げなくとも口に入れることができる。いわばニカブの男性版だが、子供の頃から母親に会食の際には着けるよう求められた。会食こそが感染収束を長引かせてきた、というのが母親の持論で、ビデオ通話でも繰り返し聞かされた。未知夫は黒いフェイスヴェールを着けて薄暗い通路を歩きながら、ふいに浮かんだ母親のマスク顔を振り払うように首を横に振った。口許や鼻の周りを風が通り、マスクを外した心細さの底に、微かに「自由」とでも呼べそうな気分を感じた。

個室のドアを開けた一瞬、波江の裸顔がシルエットで目に入り、綺麗な鼻のラインが見えた、気がした。しかし波江は素早く前布を戻したから唇は見えず、未知夫に向き直ると慌てる様子もなく微笑みかけた。

「ごめんなさい」

「……いえ」

そうは答えたが、何を謝られ、何を否定したのかよくわからなかった。ただ波江の下瞼がまたぽよぽよ動いており、もしかすると波江は、洗面所から未知夫がマスクなしの裸顔で戻ると考えて自分も前布を外していたのではないか……。そう思ってみると、早とちりを詫びる姿がひどくいじらしく、またすでに裸顔になる覚悟をしていた波江に気後れを感じた。

もう一度「ごめんなさい」と言って今度は波江が立ち上がり、おそらくは「お手洗い」に消えた。こんなとき女性がそこで何をするのか、未知夫には見当がつかなかったが、うっすら窓ガラスに映った自分の姿を眺めるうちに、鏡に向き合う波江がニカブを外す様子を想像していた。文房具店でのときと違い、暗い想像の闇の中で蠢くのはまだ見ぬその唇ばかりだった。

アクリル板を挟み、ニカブとフェイスヴェールを着け、しかも食事しながらではあったが、それは久しぶりの会話らしい会話だった。遠く聞こえる水音も、妨げにはならなかった。

大きめの弁当箱に詰め合わされた定食を食べ始めてまもなく、波江は日本脳炎のことを訊いた。

「日本脳炎に罹られたそうですけど、どんな感じなんですか」

それは母親の言う「世間さま」とは違う、率直で無理もない質問と思えた。

未知夫も正直に、外を歩いていて高熱が出たこと、ふらつきながらなんとか繭に戻ったこと、そこまでしか覚えていないことを話し、簡略に済まそうとした。しかし波江は目を丸くして箸を休め、続きを待っている。そう思って、未知夫は続けた。

「中学三年生だったんですけど、病院に四十日ほど入院したんです。最初の四〜五日のことは全く覚えていないんですが、どうも完全に意識不明だったわけじゃないみたいなんです」

「え」

「ていうか、譫言《うわごと》のようにスマホの着メロが聞こえるって言ってたらしくて、看護師さんが預かってくれてた私のスマホを持ってきてくれて、しょっちゅう誰かと話してたようなんです」

それは母親から「世間さまには話さないのよ」と口止めされている話だった。

「スマホは切ってあったんですか」

「ええ」

「でも、……掛かってきたって」

「そう言ってたらしいです」

「会話したことは、覚えてはいないんですか」

「ええ、全く覚えてないんです」

「でも会話はしてた」

「……ええ」

波江は少し不安そうな目になったが、すぐに元の目に戻って言った。

「高熱が続くと、いろいろ不思議なことが起こりますよね」

「……そういうことですかね」

「きっと、いろんな人と話したかったんですよ」

波江はニカブで覆った頭を少し傾け、箸を持ったまま微笑んだ。この話をすると誰もが訝《いぶか》しそうに「後遺症」を気にし、実際その言葉を口にしたものだが、波江の反応は全く違っていた。

未知夫が訊きたかった「ツツガムシ病」についても、波江はニカブの陰でキュウリと卵の炒め物を上手に呑み込んでから問わず語りに話しだした。

「私がツツガムシ病になったときも、熱が四十度くらい出て、頭痛がひどいし、全身の倦怠感も凄かったんです。病院に行ったらよく知ってる先生でしたから、すぐに最近の仕事の内容を訊いてくれて、……血液のPCR検査を受けたんです」

「やっぱり、……造園の仕事のせいですか」

訊きにくいことを訊いたつもりだったが、波江はあっさり答えた。

「造園というより、川縁の藪の整備ですね」

そして波江は窓の外を見遣り、「ここの川縁よりもっともっと鬱蒼とした藪に、風の道を作ったんです」と付け加えた。「風の道」という言葉が気になったが、未知夫は黙って続きを聞いた。

「でも、私の仕事を先生も覚えていてくださったんで、検査の結果が出るまえにわかったんですよ」

「え、どうやって」

「先生が、腋《わき》の下の紅い斑点と、その中央部にある黒い刺し口を見つけてくださったんです」

波江はそう言ってネイビーの上着の右腋に左手を差し込んだ。

「つまり、初めからツツガムシ病を疑ったということですか」

「ええ。早く気づいてくださったんで、助かったんですが、……暑い季節でしたからニカブを着けてなかったのがいけなかったんです」

確かにツツガムシ病は、病気の特定が遅れると死に到る確率も高いと、検索したページに書いてあった。目に見えない恐ろしい虫は、シャツの襟口からでも侵入するのだ。

「すぐに入院して、四、五日は抗菌薬の点滴でしたけど、その間のことは私もよく覚えてないんです」

「やっぱり高熱が続いたんですか」

「はい。途中、目が充血して、全身に紅い発疹が出てきたときはもう死ぬかと思いましたけど、何度か目覚めて、何度か眠ったらもう熱も下がって、治ってました」

そこまで話すと波江は目を細めて笑った。未知夫もつられて笑いながら、「よかったですね」と呟いた。

「未知夫さんも」

初めて名前を呼ばれて未知夫は思わず胸が熱くなった。見るとまた波江の下瞼が顫えていて、未知夫は頷きながら窓のほうに目を逸らした。まるで万葉の時代のように、名前を呼ばれて見つめられただけで魂が奪われるような気がした。

太陽が窓の正面近くまで動き、二人を真横から照らしていた。遥かな青い山の手前にはなだらかな丘と点在する「繭の家」が見え、その手前には田圃《たんぼ》と畑が川沿いに展《ひろ》がっている。手のつけようがない大きな山だけが残され、小さな山は巨大な重機で削られて丘になった。過去を削り取られた街には過去の見えない繭ばかりが増え、人口減少と共に消費量の減った米や野菜はこうして川沿いの土地に洪水の緩衝地帯も兼ねて作られているのだった。未知夫は丈高く育った稲と背後の鬱蒼とした藪を眺め、一瞬そこに潜むらしい蝙蝠の無数の群れを想像した。それは人類、いや自分の未来への漠然とした不安を象徴しているようだった。

未知夫の目線を追った波江に気持ちを戻し、未知夫は「風の道って、何ですか」と訊いてみた。するとと波江はしばらく考えてから答えた。

「草木はみんな、風を求めています。だから風の通路を作ってあげると、おとなしくなるんです」

「草木が、……おとなしくなるんですか」

「……ええ」

波江は頷いたが、きっとニカブの下の口許は強く結ばれていたことだろう。未知夫の無理解をどう解いたものか、思案するようだった。

それから波江が食べながら訥々《とつとつ》と話してくれたのは、草木、特に雑草と呼ばれる草たちへの熱い想いだった。

波江によれば、雑草と言っても皆ちゃんと名前はあるようだが、例として出された「ツメクサ」を、未知夫は聞いたこともなかった。波江はアスファルトの割れ目やブロックの隙間に生きる彼らの逞《たくま》しさについて話したあと、風に折られ、動物に食べられ、人に踏まれ、毟《むし》られつつも生き残ってきた植物たちの生命力を讃嘆した。「なにより成長点を地面すれすれまで下げたのが良かったんですね」。それはまるでチームに奇策を授けた監督のような口調だった。また波江は個々の選手を誉めるように、クローバーやオオバコは人に踏まれることで増える術《すべ》を身につけたのだと大きく目を見開いて話した。

「凄い進化ですよね、本当に強いと思います」

波江はそう言うのだが、未知夫は呆気にとられて頷くことしかできず、ただぼんやり三木さんが見せてくれたドローン操縦機のモニター画面を憶いだしていた。

波江の話はその後、今の社長との出会いや大地を再生する仕事への情熱へと拡がり、仲間と共に全国どこへでも行く近頃の暮らしぶりに及び、未知夫を驚かせた。それからようやく問いかけた「風の道」の話に辿り着いたのだが、未知夫はすでにあらかたの料理を食べ終えていた。

「草でも木でもそうなんですが、強い風で折れることってあるじゃないですか」

「ええ」

「だから風で折れたと見せかけて、鎌や草刈り機で、切るんです」

「どうやって風に見せかけるんですか」

するとと波江はにっこり笑い、左手の肘から先を体の前に垂直に立て、手首だけをゆらゆら揺すってその手を見つめながらまた笑った。

「こんなふうに、草って自然にしなる限界点がありますよね。でもそこから上なら、あ、風で切れたのかなって、思ってくれるようなんです」

そう言って波江は揺らした左手の手首に手刀のように右手を当て、切る仕草をしながら微笑んだ。

「根こそぎ抜こうとすれば必ず向こうも意地になります。より太く強くなってくるんです。そうするとまた抜かれて、イタチごっこなんです」

未知夫は「ほんとですか」と思わず口にしそうだった。しかし波江の話しぶりがそうと信じているのは明らかだったので、「木はどうなんですか」と訊いてみた。

「木もやっぱり風を求めてますから、まず藪の中に波みたいな風の道を作ってあげるんです」

「波みたいな……」

「ええ。縦にも横にもうねうね波形にしてあげると、風があちこちぶつかって全体に行きわたるんです」

「頭は、やっぱり……」

「はい、でも木は成長点がたいてい上にありますから、切り方は難しいです。……要は、あなたもここに居ていいのよ、ていうか、いてねっていう気持ちが伝わるように剪定《せんてい》してあげるんです」

「……伝わると思いますか」

「ええ、伝わってると思いますよ。実際その後に生えてくる草も枝も、以前よりおとなしくなってきますから」

「ああ、それで、……おとなしくなるんですね」

そう答えながら未知夫は、履歴書の備考欄にあった「植物とお話がしたい」という言葉を憶いだし、黙って頷いてみせた。すると波江は未知夫が納得したと思ったのかまた微笑んだ。しかし実際のところ、未知夫は新興宗教の教義を聞かされたような気分だった。社長という人物は無数の蝙蝠たちを自在に操る奇妙な教祖ではないかとさえ疑った。しばらく波江はニカブの前布を左手で抓み、食事に集中していたが、やがて箸を置くと合掌し、「ご馳走さまでした」と言いながら深々と頭を下げた。


「本当のことを言います」

そう言って波江が未知夫を見つめたのは、二人が繭の近くでタクシーを降り、未知夫がスーツケースを引いて繭のほうへ歩きかけたときだった。振り向くと波江は深刻な顔で未知夫を見つめ、それから目線を少し下げた。未知夫はしばし呼吸が止まり、鼓動が速まるのを感じた。波江の背後でタクシーが走りだし、なだらかな丘を戻っていくのが見えた。

「……本当のこと、ですか」

訊き返すとますます鼓動が速まった。未知夫は思わずマスクの上から口許を押さえ、小さな咳をした。

「私の母は、今も東京に住んでいるんです」

「……はい」

「ご近所さんがいるし、離れられないって。……だから私、今回も東京に寄ってきたんです。ていうか、東京にはときどき出入りしてるんです」

子供時代のことはあれほど拘りなく話した波江だったが、やはり今の東京が差別されていることははっきり認識しているようだ。波江の目には悲壮な気配が漂い、やがて逆光の中で潤んだ目が光った。

「私、東京が好きなんです。故郷ですし、造園仕事のお得意さまもいます。これからも、行くと思います。……そんな私ですけど、大丈夫でしょうか」

波江は両手を腰の前で合わせ、まるで謝るような姿勢で言った。しかし未知夫にとってその告白はさほどの驚きとはならず、母親の居場所についてもすでに駅からのタクシーの中で推測したことだった。

未知夫はむしろ父親の語った東京の話を憶いだし、更に断片的な映像の記憶を脳裡に浮かべた。どうしてもイメージは森の中に巣喰う蝙蝠たちの異様な形と顔に収斂《しゅうれん》していく。赤く大きな口と鋭い歯、退化した目に被さる獣毛……。まるで「不安」をそのまま形にしたかに見える異形《いぎょう》の獣たちは、人間がすでに失った集団としての力を、今も森や藪の中で増殖させつつある……。「そんな私で大丈夫か」という波江の問いに、未知夫はかろうじて嘘ではない答えを返した。

「波江さん、私も東京のことが気になって仕方ないんです。……いろいろ教えてください」

名前を初めて呼んだ呪術的効果を搔き消すように、未知夫はすぐに余計な言葉を付け加えた。

「ところで東京に入ったら、端末機の位置情報ですぐに国にわかっちゃうんじゃないですか。申請書を出さずに入ると罰金だっていうし、何度も入ったらそれこそ検挙もあるって聞きましたけど」

すると波江は両手を胸許まで上げ、祈るような手つきで「名前を呼んでくださってありがとうございます」と言ってから、和紙に油が滲むように微笑んだ。「私のスマホなら大丈夫です、地元の駅のロッカーに預けてきましたから。それに私、ウェアリング・ポートもしないんです」

そう言うと、波江は笑いながらニカブの前布を捲り上げた。ほんの一瞬だが、波江の皓い歯と上下の唇、そしてすんなり伸びた首が見えた。それは逆光だというのに浅黒く煌めき、鮮烈な残像を網膜に刻みつけた。黄色みを帯びだした青空を見上げても残像はなかなか消えなかった。

それから数日のことを何と表現したらいいのか、未知夫には未だによくわからない。

先にシャワーを浴びた未知夫がマスクを外して戻り、波江がそのあとにニカブを着けずにシャワー室から戻ると、それぞれスウェットと白いガウンを纏《まと》ってはいたが、もはや何の歯止めにもならなかった。互いに唇と鼻を露出し、そのうえで話すことなど浮かびようもなかった。

波江の鼻は鼻筋が通りながらも低くて可愛らしかった。また唇は、未知夫よりもやや横に広く、浅川さんが話していた一対一・五よりも上唇が厚めに見えた。じっと見つめていると上下の唇の細かい縦皺が蠢くように見え、そのうち互いに両手を伸ばしあい、立ったまま体を抱きあい、ほぼ同時に唇が唇を求めた。なにゆえ唇は唇を求めるのか、そのことじたいを確かめあうように、それは際限なく続いた。

衣類を脱いだ自覚もあまりなく、気がつくと裸で抱きあっていて、むろんベッドの上の自分の動きについてもあまり覚えていない。未知夫は茜色に染まった繭の天井を見上げ、まるで自分がウスバカゲロウみたいに、此の世に生を享《う》けた務めを果たしているような気もした。初めてのことがこうしてなんとかできていることは不思議でもあったが、思えば何年もずっとこのことが気になっていたのだった。

「マスクのせいだ」、そう思った。マスクやニカブで隠してさえいなければ、きっとここまで顔の細部に深く感じることもなかっただろう……。未知夫は波江の目を閉じた顔を上から眺めながらそう思い、すんなり伸びて少し丸みを帯びた鼻に自分の細い鼻筋をまた擦りつけ、それから豊かに蠢く二つの唇に戸惑いがちな自分の唇を何度も何度も任せた。

唇と舌の異物感が次第に溶けて動きが連動しはじめ、未知夫は波江の両手にそれぞれ手指を組み合わせ、さらには下半身もゆっくり抑圧しあいながら連動していった。お互い束縛しながら解放されていく、その感覚が不思議で、もとは一体の、こんな不格好な生き物だったようにも思え、唯一たわたわと自由に靡《なび》く波江の胸がその奇妙な生き物の逞しい触手のように思えた。

あるいは同じ風に靡く二本の草のようだと思ったこともある。揺れては重なり、圧しては顫えながら凭《もた》れあい、離れてはまた重なっていく……。それは並んだ草が共に生き延びるための切実な対話のようでもあった。

微かだが不安が頭を掠めたのは、それからのことだ。

「これでもう、一蓮托生ですね」

波江は何度か果てたあと、乱れた息のなかからそう呟いた。未知夫は一瞬いろんな意味を想像したが、どんな意味にしてもそれに違いはない。「そういうことですね」と言いながら汗ばんだ波江の胸に顔を埋めた。

さまざまな検査結果は数日前のものだから、どれも今を保証するものではない。東京に寄ってきた波江が「ＣＯＶＩＤ-x」や他の感染症に罹っていないとは限らないし、波江から見れば未知夫だって同じことだ。大博打はすでに始まっているのだ。

それからの二人は、更に貪欲になったようにも思える。もとよりこの期間は給食センターも断り、ビデオ通話も切ってあったが、未知夫はなんとなく繭に見られているような気がして、何度か総電源を切り、スマホの電源も切った。すると繭は、それまではっきり感じていなかった耳鳴りのような音を止めて鎮まり、二人の息や声を吸い込んで静かに息づき、外の音の変化も幽《かす》かに通すようになった。

雨が二日ほど降って止み、晴れた日はひどく暑くなって翌日また雨が降った。その間、繭を出たのは一度、二人でスーパーに食材の買い出しに行っただけで、あとは殆んど昼も夜もなくベッドの上にいた。食事、睡眠、排泄、消毒はむろんするのだが、その時だけは総電源を入れ、夢から醒めたように現実に帰った。波江は料理に慣れているらしく、時には電源の戻った冷蔵庫から食材を出し、手早く料理してくれることもあった。あまり使われずにあった俎《まないた》と包丁の音が繭の中に響き、未知夫は初めて「家庭」という使ったことのない言葉を意識した。

何日目だったのか今となっては朧《おぼ》ろだが、繭がピンクから黄色になりかけた頃、未知夫は隣で目覚めたばかりの波江に訊いてみた。

「また逢っていただけますか」

それは鯨が海面に浮上して潮を吹くように、しごく自然で不可欠な言葉と思えた。

波江はまだ醒めない目を何度か瞬《しばたた》き、ようやく未知夫の顔に焦点を合わせてから「はい」と答えた。

「どこに、住みたいですか」

それも未知夫には思いのほか大きな問題だった。一瞬、そう訊かれることもなく父の町に引っ越すよう、一方的に母から告げられた日のこと……、そう、小学校を卒えた日のことを憶いだしたが、未知夫はすぐに頭から振り払った。

もしかすると波江には東京と答える可能性もあるような気がしたし、ここに一緒に住みたいと言われれば国禁を犯すことになる。恐らく母親は司法に関わる立場上どちらも許さないだろう。かといってこれまでどおり「西—北—3番地区」では遠すぎてお互いの負担が大きすぎる。何が最も望ましい選択なのか、未知夫にも即座にはわからなかった。

波江はしばらく黄色い繭の天井を見上げていたが、やがてきっぱり言った。

「この近くの、空いてる繭に引っ越します」

「……なるほど」

それは名案だった。住人が死ねば繭は遺体と共に焼かれるが、事情があって誰かが引っ越した新造の繭は、あちこちにあるらしい。多くは同居を決意して東京へ移り住んだか、行方不明者の空き家だという。

「私、仕事があちこちですから、どこに住んでもいいんです。たまたま今の場所に住んだのも、父の親戚が紹介してくれたからですが、今はもう、いいんです」

詳しいことには立ち入らず、未知夫はただ布団の中に手を入れて波江の胸をまさぐった。すると波江は体を捻《ひね》るようにベッドから立ち上がり、洗面台の上にあるボックスの総電源を自ら切りに行くのだった。

たしかスーパーへ買い物に向かう途中だったと思う。波江は急に道路脇の堀の中を指さして言った。

「あ、ツユクサが咲いてます」

覗き込むとなるほど堀の底近くに数本の草が見え、明るい青の花弁が幾つも薄暗い空間に浮かんでいた。波江は紺色の半袖ワンピースにニカブ、未知夫はGパンにTシャツにマスクという格好だったが、二人で長いこと堀の中を覗き込んでいる様子は異様だったかもしれない。

「ツユクサって、ほんの短い時間しか咲かないんですよ」

「………」

「昼過ぎにはもうクシュンって、萎《しぼ》んじゃう一日花なんです」

未知夫には波江がなにを言いたいのかわからず、ただツユクサと波江とを交互に見るばかりだった。

「つまり、短い時間に受粉しなくちゃいけないでしょう。だから、凄い仕掛けがあるんですよ」

波江はそう言いながら立ち上がると、心の底から可笑《おか》しそうに微笑んだ。

立ったり屈んだり、あるいは場所を変えて花を覗き込んだりしながら波江から聞いた話は、つまりこういうことだ。

凛々しく青い二枚の花弁の下には、三本長く垂れ下がった透明な髭のようなものがある。この中央がめしべで両側にあるのがおしべだが、花の中央には虫を誘《おび》き寄せるために黄色く目立つ「仮おしべ」というものがあるという。ここにも花粉はあるが交配能力はなく、虫はそれにつられてやってきて、腹や肢に付いた本物のおしべの花粉を、他の花へと運ぶらしい。そして「それだけじゃないんですよ」と波江は言葉を一旦切り、すぐにニカブの前布を膨らませて言った。

「本当は、そうやって他の花のめしべの柱頭に受粉してほしいんですけど、虫が必ず来てくれるとは限らないじゃないですか。だから花が萎むと、おしべとめしべもクルクルッと丸まって、自家受粉しちゃうんです。ちゃんと保険かけてるんです」

未知夫が頷くのも待たずそこまで話すと、波江は独り歩きだしながら「逞しいですよね」と呟いた。

未知夫はそれ以後、波江を抱きながらふとツユクサを憶いだすことがあった。鼻と唇が花弁、胸が仮おしべだと思うと、どうしたって自分は虫になっていくような気がした。時に花の思惑から逸れる動きをしても、所詮は天の配剤から逃れられないのだろう。ただ何度も総電源を切りながら、未知夫にはそんな行為も天ならぬＡＩが見透かしているように思えて仕方なかった。

なにゆえＡＩが波江を薦めたのか、それも何度か憶いだしては考えたが、もはやそれは考えるべきテーマではなく、粛々と受け容れるべき天命のように思えた。またそう思うことで、歓喜は一段と増した。

国から、つまりはＡＩから、未知夫の処に一通の封書が届いたのは、波江が去って二週間ほど経ってからだった。メールでの連絡が当たりまえの世の中だが、僅かに検閲を嫌がる私文書や公の文書のために郵便という手段も残されていた。

文房具店から戻った未知夫は珍しく郵便受けに封書があることに驚き、差出人が「衛生勤労省」であることを確認してから机の上で封書を開いた。シャワーも浴びず、ポロシャツとジーンズのままだった。

すでにメールで来ていた国からの問合せに、未知夫は正直に波江と逢ったことを申告し、「結婚承認願」も出していたから、それに対する「承認証」だろうと思って勇んで開封したのだが、違った。分厚い中身の一枚目は次のように書きだされていた。

お知らせとお願い

今回ご推薦申し上げた水上波江様の自主的な検査により、猫を宿主とするトキソプラズマ原虫による感染が判明いたしました。妊娠の有無はまだ不明ですが、胎児が先天性トキソプラズマ症になることを避けるため、中絶する可能性があることを予め《あらかじ》お知らせいたします。

就きましては、貴方様にも念のため同病の検診をお願いすると同時に、「結婚承認願」の取り下げをお願いいたします。

水上様ご本人には諒解を得ておりますことを申し添えておきます。

なお、トキソプラズマ感染症については、同封の資料をご参照になり、早期の受検をお願い申し上げます。これらの資料は大変古い成果ではありますが、それ以後の研究に比べ、むしろこの病気の恐ろしさを直截に伝えてくれます。最新の研究につきましては検索サイトでご自由にお調べください。


思いもよらない内容だった。そして同封されていた別紙の資料を読むうちに、その聞き慣れぬ病気の内実が少しずつ諒解されていった。

「もしも貴方が猫から寄生虫をうつされると」と最初に見出しがあり、続いて四つの危険性が太字で列挙されていた。

◇交通事故に遭いやすくなるかもしれません
◇異性に急にもてるようになるかもしれません
◇犯罪の道に走るかもしれません
◇自殺をしたくなるかもしれません

半ば信じられず、続く数枚の説明を読んでいくと、次第に未知夫は呼吸が苦しくなっていった。猫の糞などから人間の体内に侵入したトキソプラズマ原虫は、白血球を乗っ取ってやすやすと脳に侵入し、ドーパミンの分泌を促すらしい。

ドーパミンは、興奮や感動などでも分泌が促され、人の行動の動機づけにも重要な役割を果たすことがわかっているが、過剰分泌が続くと人の性格まで変化させるという。

チェコのカレル大学研究グループによる相当古い調査結果が添えられてあった。なんと、感染した女性は社交的で世話好きになり、容姿にも気をつかうようになって男性関係も活発になるという。ところが男性はというと、男性ホルモンの一種であるテストステロンの分泌量が増えるため同様の効果はあるものの、多くはその後独断的、反社会的な性格になり、猜疑心や嫉妬心が強まって、犯罪や規則違反、危険行為などにも良心の呵責《かしやく》をあまり感じなくなるというのだ。

この原虫に感染したネズミが猫を怖れなくなり、猫の前を徘徊して食べられてしまうのも同じ原理によるものらしい。

調査を主導したカレル大学のヤロスラフ・フレグル教授は、チェコだけでなくイギリスやアメリカでの感染者も含め、男女三九四人を対象に調べたようだが、そうした具体的で詳細な添え書きが未知夫の胸を更に苦しくさせた。

フレグル教授は、感染者が交通事故に遭う確率も高まると指摘する。リスクが二・六倍になるという調査結果もあるようだが、この件は今の日本には当て嵌まらないはずだと、かろうじて未知夫は思い直す。

もう二十年以上まえ、空飛ぶ自動車が流行し、ドローンや蝙蝠と共に空を賑わしたものだが、多くは蝙蝠が原因で事故が起こり、衝突車両が歩行者や「繭の家」を直撃した。時には国境を越えて撃墜される車まで出たため、国は製造も販売も禁止に踏みきった。そして現在のように丘ばかり増やし、スピードの出せない道や自動運転車が増えて交通事故の数は激減していた。

しかし問題は、最後のペーパーに書いてある内容だった。未知夫は目次をもう一度眺め、それから机を照らす室内灯を意味もなく強弱させ、結局似たような明るさに戻してから両手を握り、開き、また握り、一度大きく息を吐いてから再び用紙に目を戻した。

そこにはまずミシガン大学のリーナ・ブランディン准教授が二〇一二年に発表した論文の要旨が書かれていた。それは「精神臨床医学誌」に載った疫学調査研究で、「トキソプラズマ感染者の自殺率は非感染者の七倍になる」という内容だった。またデンマークで女性のみ四万五七八八人を対象に行なった研究もあり、感染者は非感染者に比べ、自傷行為のリスクが一・五倍高かったとも書かれていた。トキソプラズマ抗体のレベルが高いほど自殺のリスクも高まるとされるから、病気が治ってもその危険は残されるということだろうか……。

この病気には無症状の人も多いこと、また今世紀の前半で世界人口の三分の一以上がすでに罹患しているという説なども紹介されていたが、未知夫の頭にはもはや入ってこなかった。

国は念のための検診と言うけれど、「巣ごもり」の日々を思えばどんな病気だって共有している気がした。そしてそう思うだけで、未知夫は目の奥に痛みを感じた。「錯乱」「昏睡」「脱力」などの文字が、文脈を離れてその痛む目の奥に次々に飛び込んできた。

未知夫は机を離れ、ベッドに横になった。すぐに波江との時間が甦ったが、強風に流される雲のように、それはたちまち消えた。

見上げる天井は、夕方の雪の大地のように青黒かった。

繭で自殺する人が、一度は減少したのにまた増加傾向にあることも久しぶりに憶いだした。そして猫を、「繭の家」で内緒で飼う人が増えているというニュースも……。

波江の場合はおそらく、東京の母親の家に猫がいるのではないだろうか……。あるいは波江が日常的に触れる土、という可能性もある。猫の糞などで排出された原虫の卵は、土壌中で数ヶ月は感染力を保つとも書いてあった。

未知夫は十分以上青黒い天井をぼんやりと見上げ、ゆっくり起き上がると、パネルにタッチして119に連絡した。「トキソプラズマ」と言ってみたが、応答した男性には通じていないようだった。

ともかく十五分後に救急車が到着することを確認し、未知夫はもう一度ベッドに横になった。しばらくすると天井のランプが紅く点滅し、母親からのビデオ通話の受信に気づいた。このところ毎晩のように連絡があり、昨夜も波江とのことで口論になって未知夫から電話を切ってしまった。寝返りを打ち、点滅から目を逸らしたが、繭の中全体に紅い光が照り返していた。

死にたい……、未知夫は衝動的にそう思ったが、それが病気のせいかもしれないと思うと、どんな思いも信じられず、これまで経験のない底なしの不安を感じた。そして不安はまた蝙蝠の姿になり、次第にその数は増えて天井を覆っていく。

ようやく点滅が止み、父から返してもらった「首輪」を着けると、未知夫は入院に必要なものを鞄に詰め込んで繭の外に出た。

群青の空の下、丘に並ぶ繭の家々が微妙な濃淡でさまざまな色を発していた。孤独の数を数えるように未知夫は二十個ほどの繭に目を這わせ、それから月のない星空を見上げた。

なにも訊かない父の笑顔が浮かんできた。なぜか鼻も髭も見せて笑っている。未知夫はスマホを取りだし、街灯の明かりの下で「入院してきます」とだけメールを入れた。

と、スマホの照明の前を何かが素速く横切った。風の去ったほうを見ると、鳩かと思うほど巨大な軀《からだ》の蝙蝠で、すぐにブーメラン並みの大きな翼で暗い天空に切り込み、無数の仲間に紛れた。ほどなくトタン屋根を打つ雨音のような音が聞こえた。蝙蝠たちの鳴き声だった。最近の蝙蝠は数も増えて大型化しているだけでなく、人間への攻撃性も持ちはじめたと、科学コンテンツは訴えていたが、どうやらそれは間違いなさそうだった。凶暴化した巨大な蝙蝠の群れに、はたして人間はどれほど対抗できるのだろうか……。

丘の彼方に救急車らしい大きな車両が現れ、未知夫はそれからもう一度スマホを取りだすと、体の向きを変えて少し丁寧な追伸を送信した。

「治療して、また彼女に申請します(*^o^*)。これからが大博打です。未知夫」

蝙蝠たちの不気味な鳴き声は続いていたが、未知夫に怖れはなく、むしろ小さな笑いが洩れた。ただその反応がトキソプラズマのせいなのかどうかは、判断のしようもなかった。

桃太郎のユーウツ

桃太郎はユーウツだった。

なにが、と訊かれても種《たね》がたくさんありすぎて簡単には答えられない。ユーウツという漢字を思い浮かべると尚更ユーウツになるから片仮名で書くが、そんな説明もしたくないほど本当はユーウツなのである。

こうして毎晩六畳一間のバラック小屋に戻り、冷蔵庫の横の小さな丸卓子《テーブル》で今日の除染作業を記録していると、それだけでもユーウツなのにときどき冷蔵庫が唸るような音を出す。これはユーウツというよりむしろウットーしい。

憶いだすと今日の家の主《あるじ》もウットーしかった。きっとヒマなのだろう、作業員が土手の落ち葉を熊手で掻き落としたり、雨樋を除染する様子などもイチイチ長靴を履いて見に来る。除染前の雨樋の線量は毎時〇・六三マイクロシーベルトと高く、夕方除染後には〇・一六まで下がっていたからよかったものの、暗くなってから足場屋が足場を解体に来ると、なんと勿体ない、などと呟く。

昨日組んだばかりの足場を、雨樋除染に使っただけで解体してしまうのが勿体ないと言いたいのだろうが、それなら足場の上で他になにか有意義なことでもできるというのだろうか。あまり厄介な要求を一介の現場監督兼一除染員にすぎない私などにしないでほしい。

だいたい、除染という業務がそもそもユーウツなのだ。主に老人たちへの奉仕だと思うから誠心誠意努めているが、その内容といえば、普通なら堆肥として喜ばれる落ち葉や腐葉土、また竹や木の枝まで、雨樋拭きに使った濡れタオルもろとも、すべて一緒くたにフレコンバッグに入れて仮置き場に運んでしまう。またその後のことは自分たちの仕事の範囲でないとはいえ、聞くところでは中間貯蔵施設の用地買収さえ目処も立たず、仮置き場から運び出せる見通しも立たないらしい。桃太郎は、毎日その日の仕事が捗《はかど》れば捗るほど、その後のことを想ってユーウツになってしまうのである。

除染日誌を閉じ、冷蔵庫を開けて缶ビールの栓を抜いた。少しも酔わない体質を怨みつつ、一気に呷《あお》る。冷たいものが喉を通る感触はあるものの、やはり仲間のように「っあ〜〜」と唸るような旨さは感じない。特異体質なのは明らかだが、この先自分の体がいったいどうなっていくのか、考えるだけで不安になる。贅沢と言われるかもしれないが、それは病気にならない人間だけが感じるとびきり深刻なユーウツなのだった。

三歩動いて簡易ベッドの上の分厚い増補版『桃太郎の秘密』を取り上げ、パラパラ捲《めく》っていると、ノックの音が聞こえた。

すぐに二メートルほど後ろのドアが開き、同じ除染作業員の山本の日に焼けた笑顔が寒風と一緒に飛び込んできた。

「佐藤さん、隣に来て飲みませんか。みんな集まってるんですよ」

なんだかざわざわ声がすると思っていたら、そういうことか……。

「ああ、ちょっと調べ物してから行くよ。先に飲んでてよ」

どうして飲んでも酔わない無駄な飲み会を断れないのか……。笑顔の残像を残してドアが閉まると、佐藤桃太郎は革装の『桃太郎の秘密』を持ったまま、また一つ新たなユーウツの種を自分で増やしたことにウンザリした。


『桃太郎の秘密』は、五代前の鈴木桃太郎によって書かれ、四代前の平河内《ひらこうち》桃太郎が活字化して製本した。その後の桃太郎にとってはいわばバイブルのように読み継がれた本である。

そこには基本的に、これまで多くのお爺さんお婆さんを喜ばせてきた代々の桃太郎たちの事蹟と、幾つもの生涯が記録されている。ただ謎も多く、たとえば増補された三代前の大川桃太郎などは、薩摩半島の知覧《ちらん》から特攻機に乗って飛びたったことは本人の記録から見当がつくものの、あとは第五代の山代桃太郎が朝鮮出兵したと分かるくらいで、それぞれの死亡日はあるが、死因については殆んど記録されていない。

桃太郎はいつものように何人かの先達たちのページを捲ってから、冒頭を開き直した。筆で縦書きされたタイトルページを捲ると、その最初に「桃太郎は死なない」と書いてある。いつもながら、桃太郎はキャッチコピーのようなその言葉を確かめてから本を閉じ、小さすぎる簡易ベッドから足をはみださせて横になるのだった。

すぐ傍に、桃太郎の正装である陣羽織と袴が衣紋掛けに掛けてある。横に立てかけた「日本一」の旗が、エアコンの風で大袈裟に揺れていた。

思えば桃太郎のユーウツは、この衣装を作ってくれた佐藤清成《きよなり》お爺さんが平成五年に宇都宮の実家で死んだときに始まった。むろん桃太郎が喪主になり、佐藤家としての葬儀は滞りなく出したのだが、問題はその後数年生き延びたお婆さんとの暮らしである。

もともと血のつながりもないし、十八歳になっていた桃太郎は性的にも成熟していた。孝行のつもりで肩を揉み、台所を手伝ったりもしたのだが、どうも民江お婆さんの項《うなじ》のほつれ毛を見るだけで感じるようになってしまい、威風堂々たる姿勢で歩けなくなった。半年もしないうちにネアンデルタール人のように腰を引いて歩く自分が許せなくなったのである。

桃太郎はすぐに家を出る決意を固め、お婆さんが「指令を待ちなさいよ」と言うのも聞かず、正装一式と『桃太郎の秘密』だけ大きな鞄に入れて東京に向かった。

指令、については説明を要するだろう。

これまで三十組のお爺さんお婆さんの子供として仕えた「桃太郎」だが、生まれた場所も生まれ方もさまざまである。初代から五代目までは実際に桃から生まれたらしいが、六代目は青森で桃を食べたお婆さんの恥かき子のように実子として生まれ、七代目は大阪の淀川を流れてきた赤い箱に入っていたらしい。かく言う佐藤桃太郎の場合は、子供ができず不妊治療にも励んだ佐藤夫妻が、すっかり諦めた頃にたまたま那須の雲巌寺の境内で拾ったというのだから、捨て子である。

そんなふうに場所や生まれ方はばらばらでも、「桃太郎」には必ずその後まもなく「桃太郎と名づけよ」という主旨の第一指令と、最近ではこの増補版『桃太郎の秘密』が両親宛に届く。そして成長してからのいつ頃かに、今度は何らかの第二指令が本人宛に届くのである。このとき民江お婆さんが「待ちなさいよ」と言った「指令」とは、当然第二指令のことだ。

東京帝大で宗教学を学んだ平河内桃太郎は、「桃太郎」とは「ダライ・ラマ」のようなシステムではないかと、『桃太郎の秘密』の「あとがき」で推測している。つまり過去の記憶の多くを引き継いだ状態でどことも知れない場所に生まれ変わり、何らかの機関によって探し出されるのである。

なるほど、それなら佐藤桃太郎が行ったこともない鬼ヶ島の悪夢に魘《うな》されるのも説明がつく。最近は少なくなったが、一時は毎晩のように鬼たちが夢の中で哀願し、それでも斬りつける桃太郎自身の残酷さに目を覚ましたものだ。それはおそらく、室町時代に登場した最初の桃太郎の記憶なのだろう。

しかし果たしてそのような生まれ変わりのシステムのことを、「桃太郎は死なない」と書くものだろうか……。また次々と桃太郎を探し出し、指令を出す機関とはいったい何者なのか……。どうしても桃太郎には、鈴木の原文と平河内の解釈の間に齟齬《そご》があるような気がしたし、二人とも何かを隠しているように思えて仕方なかった。そして「死なない」と言われながら結局個々には生き続けておらず、死んだとしか言いようのない「桃太郎」たちのその最期が気になるのだ。

いったい自分にはどこからどんな第二指令が来て、どんな死に方をするのか……。あるいは本当にそんな指令が来るのか、どうか……。桃太郎は実際これまで四十年の人生を、その疑心暗鬼のうちに明け暮れてきたと言ってもいい。いや、本心を言えば、あまりにも第二指令が来ないので、自分が「桃太郎」であることにも自信がもてなくなっていたし、なにより歴代の「桃太郎」が本当に正しい行動をしてきたのかどうかも確信がもてなくなっていた。

民江お婆さんの家を出て東京に着いた桃太郎は、すぐに正装のままキャバレーの客引きになった。明治時代から「桃太郎」は伝統的にチンドン屋での脇稼ぎが知られていたが、佐藤桃太郎は敷かれたレールの上を歩きたくなかった。しかしキャバレーでも女の子に接するとネアンデルタール効果が現れ、まもなく自主的に辞めるしかなかった。その後はサンドイッチマンを短期間やり、それからサラ金の取立屋になった。

桃太郎の正装は昼でも夜でも陣羽織が太陽やネオンに映え、ギラついた光を遠慮なく飛び散らせた。元来が富士額で眼が大きく、体も巨漢と言えるほどがっしりしているのだが、そこに日の丸の鉢巻を締め、右手に幟《のぼり》を持って玄関に立つのだから借り主たちも堪らない。成績もよく、取立屋は数年続けたが、そのうち弁護士たちの過払い金請求が予想以上に厳しくなり、ヤクザ以外は解雇された。

派遣社員になってから、もう五年ほどは経つだろうか。それからは桃太郎も正装は身につけず、会社の作業服を着て地味に勤務してきた。たまたま埼玉県の鉄工所から福島県のゴミ焼却場へと派遣替えがあり、初めて福島県に住むことになった。そして震災が起こって派遣会社を辞め、しばらくして主に中通り地区を除染するこの神徳産業に入ったのである。

今でも憶いだしてユーウツになるのは、ちょうどサラ金の取立屋をしていたとき民江お婆さんの訃報が届いたことだ。結局宇都宮には戻れなかったのだが、誰かが喪主を務め、きちんと埋葬してくれたのか、どうか……。今さら考えても悔やんでもユーウツが増すばかり。ユーウツの種は過ぎ来し方にこそ山ほどあった。

桃太郎はエアコンの風で揺れる桃印と日の丸印の二本の鉢巻を軽く指先ではじき、童謡「桃太郎」をハミングしながら部屋を出た。

六畳間の同じ簡易ベッドに山本ともう一人が腰掛け、あとの四人が四角い卓子を囲んで談笑している。卓子の上には一升瓶が二本置かれ、一本はほとんど空になりつつあった。

「あ、佐藤さん、お先にすみません」

冷静な声をかけてきたのは細身で長身の齋藤である。いつも端末機を離さず、なにかあればすぐにネットで調べる。

「佐藤さん、さぁさぁ、こっちがいいずら」

立ち上がって齋藤のほうへ身を寄せ、場所を作ったのは中村。たしか静岡県出身で、高校時代はサッカーの選手だったらしい。

「おそいでっせ、佐藤はん、もうマグロなんかおまへんがな。けど、佐藤はんの好きな鮹《たこ》は、ほら、取ってありまっせ」

天然パーマで人のいい加藤は、たしか大阪でコンビニ勤務だったはずだ。除染の最中でもしょっちゅう冗談を飛ばして仲間を笑わせる。

巨漢の桃太郎が卓子の一辺を占領すると、向き合う形でベッドの二人、両側にもそれぞれ二人が、犇《ひし》めくように残りの三辺を囲んだ。部屋の主である山本はベッドに腰掛け、その横には西会津から来ている無口な大山が坐り、もう一人青森出身の田中は大阪の加藤の横で窮屈そうに膝を立てている。

外で寒風の音はするものの、中は効き過ぎるエアコンで暑く、そこに人いきれや酒の匂いや刺身の匂いまで混じってじつに息苦しい。しかし桃太郎は冷や酒を皆に注ぎ足して乾杯を促し、班長らしく一言だけ挨拶した。

「いつもみんな、誠心誠意はたらいてくれて、ありがとう。お陰で組長の覚えもいいし、計画以上に早く除染も進んでるよ」

神徳産業には社長の下に三人の組長がおり、それぞれ五班編成になっている。今や百五十人を擁する大会社だが、桃太郎は班員十人の頭にすぎない。組長と桃太郎とで相談し、次の現場の配置や工程をいちいち決めるのだが、桃太郎はたいてい一つの現場に貼り付き、班員と同じように働くので彼らの評判もよかった。

部屋の温度とあまりに違う冷たい酒が喉を通って腹に降りていく。また酔わないのは分かっているが、桃太郎はその冷たさが気持ちよくて二杯、三杯とコップを傾けた。

主に端末機の齋藤とサッカー選手だった中村、それに天然パーマの加藤が、今日の除染現場のあれこれを訊いてくる。やはり何度か飲みに連れていった三人は、親しさ具合が違っている気がした。

思えばいつの時代でも、桃太郎の周りには猿、鳥、犬に当たるような仲間がいた。現状では、情報通の齋藤が鳥で雉、体力と行動力の中村が犬、そして猿に似た加藤は、おそらくスパイや懐柔、折衝などの能力に長《た》けているのではないか……。何のことはない、丑寅《うしとら》の鬼門に対し、それを封ずる裏鬼門に近い申酉戌《さるとりいぬ》を設定したわけだが、よくできた構成ではある。ただ昔からの『桃太郎』をいろいろ読み比べてみると、いつの時代のものでも「駄賃」の黍《きび》団子は不可欠だったが、江戸時代までは彼らが仲間や友達として指令の執行を手伝っている。ところが明治時代になると、桃太郎の服装も陣羽織になり、三匹のお供も「家来」になっていくのである。

明日以降の除染計画を三人とあれこれ話し、鮪を抓《つま》みつつ酔わない酒を飲みつづけていると、ふいに田中が明らかに酔った言い方で口を挿《はさ》んだ。

「親方ぁ、若いときぁずいぶんもてたんだべ。ちびっと武勇伝でも聞かしてくんねぇが」

青森県出身の田中は、七十二歳だが体も利き、口も達者だった。妻子を残して出稼ぎに出たまま遂に故郷に戻らなかったという男だが、いったい何が聞きたいというのか……。田中はいつものように上目遣いで額に四本も皺を刻み、赤すぎる唇を開いたまま嗤《わら》っていた。

桃太郎は一瞬猛《たけ》るような激情の兆しを感じたがなんとか抑え、穏やかな声調で答えた。

「女の人って、なんだか面倒じゃないですか」

全員が数秒黙り、そして田中がまた口を開いた。

「親方、結婚は？」

「え」

「結婚したごだぁあんのがって」

「いや、……ありませんよ。それはもっと面倒です」

おそらく歴代の桃太郎は、みな結婚していない。佐藤桃太郎は、それどころか童貞なのである。初代が鬼ヶ島から勝ち取ったものとして、低学年用の『桃太郎』には「宝物」とだけあり、高学年用の本には他に「お姫さま」とも書いてある。なかにはその姫と結婚して「いつまでも幸せに暮らした」などと書いてあるものもあるが、疑わしい。

よしんば初代は本当に結婚したのだとしても、二代目以降は各地の別な姓の家に現れている。

二代目が生まれた桃を、初代の妻になった姫が産んだとも考えにくい。おそらく「桃太郎」には、結婚できない「儒教的ミーム」のようなものが強烈に受け継がれているのではないか……。桃太郎はいつものそんな思いを瞬時に反芻したが、今はそんな思いに浸っている場合ではなかった。

「田中さんこそ、奥さんやお子さんたちは元気なんですか？」

逆襲するようで気が引けたが、それが最も効果的な対応だった。田中は舌打ちして口を閉じ、「元気なんだべぇ」と他人事《ひとごと》のように言って酒を呷った。

なんとなく話題に制約のできた六畳間は急に空気が乾き、面積相応に狭く感じた。

刺身もすでになく、酒も二本目が半分ほどしかない。田中が「明日も早ぇしなぁ」と言って立ちかけるから、桃太郎は一升瓶を摑み、「これ飲んで終わろうか」と言いながら手酌しかけた。すると天然パーマの加藤が素速く瓶を奪い取り、「あきまへん、手酌してええのは芸者でもお銚子まで」などと幇間《たいこもち》のようなことを言う。桃太郎が笑いながらそのコップ酒を飲み干すと、今度はサッカーの中村が「班長、いっつもすげー飲み方ずら」と言いながらもう一杯注いだ。すぐまた飲み干すと、端末機を動かしていた齋藤が急に冷静な顔を上げた。

「班長、適正飲酒は寿命を延ばすとも言われますが、厚生労働省によれば、適正なのは日本酒では一合までですよ」

寿命の話題には体そのものが反応し、桃太郎は噎《む》せそうになったがなんとか呑み込み、「仁」の精神で笑うことにした。

「あはは。わかったわかった。いつもありがとう。じゃあ、今日はこれで終わろうか」

全員が立ってそれぞれゴミを捨て、コップや食器を水場に運んで洗い、卓子を拭いたりしはじめる。仮設の狭い部屋全体が揺れるようだった。桃太郎はいつものように床に落ちたゴミを拾いながら、「仁」「義」「礼」「智」「信」の五徳を憶いだす。子供の頃から「五徳カルタ」や「儒教双六《すごろく》」ばかりさせられていたため、少しでも行動するとその行為がどんな徳に当たるのか、つい考えてしまう。ゴミを拾うのは「礼」にも「仁」にも適うけれど、コップ二杯を鯨飲してみせたのは、「義」なのか……。義を見てせざるは勇なきなり……。違うような気がしたが、深く考える間もなく部屋の片付けは終わってしまった。

「んだば明日も早ぇがら」

田中を先頭に、次々に挨拶して部屋を出ていく。

齋藤、中村、加藤が続いて出ていき、最後に部屋の主である山本と、ベッドで隣に坐っていた大山が残ったから、桃太郎は帰り際、大山にも見えるように山本に二万円を渡した。二人は県内出身で今日の飲み会も準備したはずだった。もしもこの会社にいる間に「指令」が届いたら、彼らにもなにか手伝ってもらうかもしれない……。班長手当を考えれば、そのくらいの「黍団子」は廉《やす》いものだった。

部屋に戻ってトイレに入ると、桃太郎はいつものように壁に貼ってある尖閣諸島の拡大地図を見据えながら用を足した。もしも指令を出す機関が国とかかわっているとするなら、佐藤桃太郎にとっての鬼ヶ島はここに違いないと、一年前にこの部屋に入居したときからトイレの壁に貼ってあるのである。

その後中国は、尖閣諸島の領有権を主張するだけでなく、南沙諸島に人工島を作りだした。あるいはそちらが本当の鬼ヶ島かとも思い、拡大地図の下のほうには雑誌から切り抜いた海と島の写真も貼り付けてあるのだが、どうもアメリカのことを思うと頭が混乱する。三代前、特攻隊で命を散らした大川桃太郎にとっての鬼畜が、いまや鬼退治に賛同するお爺さんのような構図である。鬼とはいったい何なのか……。

歯を磨き、ベッドに入ると、すぐに睡気《ねむけ》が来た。微睡《まどろ》んでいるとまたいつものように、福沢諭吉が一万円札の顔つきで語りだした。

「桃太郎が鬼ヶ島に行きしは、宝を取りに行くと言へり。けしからぬことならずや」それは諭吉が自分の子供に渡した家訓「日々のをしへ」の一節だが、『桃太郎の秘密』の巻末資料で読み、あまりにも強烈だったため頭の奥に刷り込まれてしまったらしい。

「宝は鬼の大事にして、仕舞ひ置きしものにて、宝の主《ぬし》は鬼なり。主ある宝を、訳もなく、取りに行くとは、桃太郎は盗人とも言ふべき悪者なり。もしまたその鬼が、いったい悪《わろ》き者にて、世の中の妨げを為せしことあらば、桃太郎の勇気にてこれを懲らしむるは甚だ善きことなれども、宝を取りて家《うち》に帰り、お爺さんとお婆さんにあげたとは、ただ欲のための仕事にて、卑劣千万なり」

卑劣千万、卑劣千万と繰り返しながら、一万円札の福沢諭吉が次第に角を生やし、口を大きく開けて鬼のような顔になっていく。

ほどなく眠りは深くなり、今度は夢の中に大勢の鬼たちが現れ出る。なぜか初代の如く剣を持った桃太郎が勇ましい声で威嚇し、鬼たちはみな不安そうに身を寄せ合っている。鬼といっても少々肌色が濃く、毛深いだけで、普通の人のように見える。しかし桃太郎は鉢巻を締め直し、そんな表情に欺されるなと自らを叱咤しつつ、弱そうで小さな鬼を見つけて斬りかかる。ところが桃太郎、どうやら酒に酔っているらしく、一番弱小な鬼にも逃げられてしまうのだ。

いつも目覚めてから気づくのだが、どうやら桃太郎の飲む酒は、夢の中の桃太郎に覿面《てきめん》に効いているらしい。生身の自分はちっとも酔わないのだが、飲んで眠ると必ず酔った桃太郎が夢の中に現れた。

鬼の前でそのまま眠ってしまえば夢はそこで終わる。桃太郎は夢の中にそんな束の間の休戦を求めて酒を飲むのかもしれない。「仁」にも「智」にもそぐわないそんな夢を見るたび、桃太郎のユーウツは深まるばかりなのだった。

とうとう第二指令と思しき電報が届いたのは、年があらたまって松も下げようかという頃だった。松といっても玄関口に近所の山から枝を一本折ってきて表札に挟み込んだだけ。それを二週間ぶりに外して新聞を取り、部屋に入ろうとしているところに郵便局員がやってきた。

「佐藤桃太郎さんですか」と訊くから「そうだけど」と頷くと、一瞬噴きだしそうになった唇を引き締め、若い局員は「書留です」と言ってハンコを要求した。

電報って書留だったっけと思いつつも「桃」一文字のハンコを渡し、ユーウツな予感と共に部屋に戻ってそれを開いてみた。

字面を追った目の裏に閃光が走り、一瞬文字が見えなくなった。しかし窓際まで行って呼吸を調え、もう一度見ると、やはり同じ文章がプリントされていた。

「佐藤桃太郎殿　二月十日午後二時半、いわきアリオスで小森氏を道連れに自爆テロを起こされたし」

やや慇懃《いんぎん》にも見える語尾に、かえって上から目線を感じた。また何度も隅々まで見直したが差出人は書かれていなかった。

すぐには何のことか分からなかったが、齋藤にネットで調べてもらうと簡単に分かった。その日アリオスでは、福島県内の全原発の廃炉を求める会主催で、小森元総理の講演会が予定されていたのである。

現代の鬼ヶ島は尖閣でも南沙の人工島でもなく、脱原発を唱える元原発推進派の小森元首相であった……。なるほど、それはそうだろう。オリンピックを控え、新国立競技場のデザインもようやく決まり、エンブレムも決まろうかというのに肝腎の大電力の保証がない。柏崎刈羽原発も知事が相当難色を示している。このうえ福島第二原発まで廃炉が決まったら、現総理の立つ瀬がないというものだろう。

とにかく経済さえ良ければ支持率が確保できる。そんな世の中にとっての鬼は、今さら脱原発を唱えるあの御仁に違いない。

桃太郎は意外にすんなりその理屈を納得した。つまり今の国家に仇《あだ》なす敵を討つという指令者側の理屈である。ただ問題は、桃太郎自身の行動原理、いわば「桃太郎」としての美学にそれが適うかどうかだった。

お爺さんお婆さんがいなくなってしまった以上、もはや自分だけ生きつづけることに執着はない。恥をさらすくらいなら死ぬべきだとも思う。しかし死ぬにはそれなりの大義が要る。果たして小森元総理を巻き込んで自分も死ぬことに、桃太郎の大義が見いだせるのか、どうか……。

桃太郎は毎朝マスクをしてヘルメットをかぶり、除染の現場にいる間もずっとそのことを考え続けた。つい蹲《つくば》いの周りを刈り込みすぎたり、規定の五センチより深く地面を削り、桜の根を切ったと家主に叱られたりもした。それはそれで果てしないユーウツな時間だったのである。

しかし十日ほど経ち、夜、齋藤と中村と加藤を部屋に呼んで事の次第を打ち明けると、意外にもすぐに大義は見つかった。

「あのお方が最初に、全てはマーケットに訊けって、とんでもない市場原理主義を持ち込んだんじゃないですか」

齋藤はそう言って端末機を触りながら顔をしかめた。

「そうずら、激貧の老人が増えたのはあいつのせいだっちゃ」

中村も同意して握り拳をつくった。

「せやで。郵政民営化で郵便ポストは減るし、だいたいあいつが田舎を寂れさせたんや」

三人三様に、桃太郎があの「桃太郎」であったことには驚いたものの、その「指令」にはむしろ好意的なのだった。

「それに、あの人がそないな派手な死に方したら、かえって脱原発のほうも燃え上がるんとちゃいますか」

「そうか、……そうですね」

加藤の意見に齋藤が何かの画面を見ながら賛同すると、中村も「そうだそうだ、やっちゃいましょう」と、人の気も知らず盛り上がった。なるほど自爆テロという過激な手段は、現政権の安全保障の考え方にも楔《くさび》を打ち込むものかもしれない。桃太郎はあらためて猿、鳥、犬の団結を感じて嬉しかった。

それからは毎日除染が終わるとシャワーを浴び、それぞれに寂しい夕食を摂ってから桃太郎の部屋に集まった。具体的な方法と分担を検討するうちに、「義」に燃える気分を感じたが、それは同時に自らの死を急にリアルに感じることでもあった。

顧みれば明治以降、五人もの「桃太郎」が若死にしている。大川桃太郎の特攻死のほかに、明らかな自殺が二件あったらしい。

平河内桃太郎は多くの桃太郎の分析から、やはり「あとがき」に「いつと知れぬ有事に備える江戸の旗本の如く、身を持ち崩す者多し」と述懐しているが、もしかすると指令を受けてからも、その重圧に耐えきれず自死した桃太郎がいたのではないのだろうか。

桃太郎は毎晩横になると、夢に怯えるだけでなく、三人が死なない方法を思って眠れなかった。死ぬのは自分だけでいい。たまたま除染の現場で知り合い、何度か酒は奢ったが、それだけのことで命を懸ける必要などあるはずもない……。机に広げたアリオスの図面を横目で眺め、桃太郎はそこに端役として山本や大山も頼むかどうかも何度となく迷った。数が増えれば危険も増える。しかし一般聴衆を装うならば、どうか……。

おそらく指令を出す主体は、この間の桃太郎の呻吟を熟知しているのではあるまいか……。約一ヶ月という時間は、齋藤が資料を集め、中村が走り込み、加藤がいわきの主催団体の事務所に出かけていろいろ交渉するにはギリギリの時間だったが、なにより桃太郎の身がそれ以上は保《も》ちそうにない。憔悴が激しく、これが限界だとつくづく感じた。

それまで一度も病気の経験がなく、薬も飲んだことのない桃太郎だが、毎晩夢の中の桃太郎を眠らせるためにがぶ飲みする酒が増えていく。三週間もすると、打ち合わせのあとで独り飲む酒が二升を超え、部屋一面に茶色や緑や透明な瓶が所狭しと散乱していった。除染現場では常にトラックの荷台に積んだ仮設トイレで用を足すのだが、決行前日に桃太郎は荷台に上がるステップでふらつき、バランスを崩してトイレのドアに頭を打った。それは「生き恥」とも言える屈辱だったが、桃太郎はかろうじて用を足しながら「明日はラクになれる」と思い、やつれ果てた顔に微かな安堵の色を浮かべるのだった。

夜のうちに降ったらしい雪で、いわきの駅前も真っ白に染まった。風もなく晴れた朝だから、ほどなく雪も融けるだろう。四人は雪景色を眩しがりながらビジネスホテルの簡単なトーストセットを寡黙に食べ、一旦部屋に戻って用意を整えてから車に乗り込んだ。それは昨日のうちに加藤が郡山で盗み、夜中に皆で乗ってきた白いバンだった。

結局山本や大山にはなにも話さなかった。最後まで迷いはしたが、車一台で動けなくなることも大きかったし、しかも山本は老いた父親が入院中らしく、そのことも桃太郎をためらわせた。

桃太郎は正装で後部座席に坐り、警備員の紺色の制服を着た中村がその隣に坐った。運転手の加藤と助手席の齋藤は一般市民ふうにセーターの上にジャケットを着ている。警備員用の服装は加藤が前もって現地に行って調べ、どこからか調達してきたのだが、同じ衣装の3L判は桃太郎の手提げ鞄にも入っていた。

三人はなんとなく緊張し、車の中でも無口だったが、桃太郎はむしろ晴れやかだった。あとは計画どおり事が運べばすぐにラクになれる。しかも毎晩のように繰り返されたシミュレーションはすっかり頭に入り、三人とも確実に履行できるだろう。

一月半ばにはジャカルタで自爆テロが起こり、三人は動揺を見せたが、自爆テロを行なうのはあくまでも桃太郎一人であり、彼らに頼んだのはその環境づくりに過ぎない。もし捕まっても軽犯罪法違反程度で、拘留・科料が科されるだけのはずだ。齋藤が調べたその法律の条項を読み、中村や加藤もようやく安堵したのだが、やはり当日の緊張はまた格別のようだった。

雪を被った芝生の向こうに地上六階建ての本館と四階建ての別館が見えてきた。目指すは大ホールのある本館のほうだが、加藤はあらかじめ確保してもらった関係者用の搬入口前の駐車場に車を停め、桃太郎の言葉を待った。

「加藤さんはここで、エンジンを停めて待機しててください。……私は戻りませんが、齋藤さんも中村さんも、必ず戻ります。……あ、二人とも私の最期を見届けようなんて思わないように。自分の仕事が済んだら、速やかにここに戻ってくださいよ」

思わず桃太郎は鄭重な口調になり、三人とも神妙な顔つきで頷く。加藤が後ろを向いたまま苦しそうな声で訊いた。

「班長が戻ってくることは、……ありえへんのですか」

「……ありえません」

きっぱり答えると、今度は齋藤が助手席から眉根を寄せて振り向いた。

「班長、……どうしても、やるんですね」

「やります」

おそらく齋藤は、桃太郎が腹に巻いた十二本の硝安ダイナマイトを入手した責任を感じているのだろう。また桃太郎は三日前に貯金をすべて下ろし、三人に二百万ずつ渡したのだが、その黍団子が齋藤には効き過ぎ、実際以上に難しく考えすぎているのかもしれなかった。桃太郎は顔を齋藤に近づけて言った。

「齋藤さんはあくまでも聴衆の一人。ちょっと興奮しすぎて、おかしなことをしてしまうだけですよ。捕まってもたいした罪じゃない」

齋藤は頷いたが、今度は隣の席の中村が昂奮ぎみに言った。

「おらっちの場合は、捕まれば確信犯ずら。……だけんど、小森さんが死ねば、逆に脱原発の声が爆発的に高まるさぁ。……やるっきゃねぇじゃんか」

実家が浜岡原発に近いという中村は、そういう理屈で積極的に納得しようとしていた。おそらく不安ゆえに何度もそんなことを言うのだと思えたが、いずれにしても黍団子を食べてここまで来た以上、後戻りはできなかった。

「やるっきゃありません」

桃太郎が出した右手にそれぞれ手を重ね、「ほな、行きまっせ」「やりましょう」「ちゃっちゃとやらにゃん」と手を握り合って、加藤以外の三人が車から降りた。それぞれの持ち場を目指し、三々五々人が集まりはじめたアリオスの正面に歩いていくのであった。

桃太郎は二階の受付横に正装で立ち、主催者側の資料配りを手伝った。加藤の交渉力はなかなかのもので、後援団体の一つ、「命と暮らしを守る市民の会」の俄かメンバーになり、事前にこの役を買って出たのである。

桃太郎とすれば本当はこの格好のまま、最後まで行きたかったのだが、皆が反対したのも尤《もっと》もではあった。相談したとおり、着替え用の警備員服はボストンバッグに入れて受付机の裏に置いた。ここでの仕事はサンドイッチマンの如く資料を配りつつ、警察の配置を探ることだった。

今は総理でも国会議員でもない小森氏にSPは付かない。大ホールの常在警備員は三人いるが、あとは主催者側が念のため要請したいわき中央署から何人の警官が派遣され、どこに立つのかが問題である。受付から一番近いホールへの入り口近くで二人の警官が所在なさそうに話している。桃太郎は「今日は日本一の講演ですよ」などと言って資料を次々渡しながら警官たちを注視していた。

しばらくすると齋藤と中村が五メートルほど間を空けて階段から上がってきた。齋藤が資料を受け取りながら「西側通路、一人」と言い、警備員姿の中村は傍らの警官に驚きつつも「東側は、カスケードにも通路にもいねぇずら」と小さな声で呟いた。合計三人、やはり手薄だ。

桃太郎は周囲に目を配りながら中村に近づき、「東、出口近く」と告げてすぐにまた「いらっしゃいませ。ありがとうございます」と受付用の笑顔になった。中村は立ち止まっていた齋藤にピタリと寄り添い、またすぐに離れていった。

それにしても、いくら現役の議員でないとはいえ、元総理に対して失礼ではないか。この国の政府にとって、今これほど邪魔で厄介な人はいるまいに……。大ホールの定員千七百人が、今日はほぼ埋まりそうだし、同じ建物内部の中劇場や小練習室なども別な催事で満館なのだ。これでテロへの用心をなにもしてないのだから馬鹿にしている。桃太郎は誰に対してなのかわからない怒りを覚えたが、忙しく資料を渡しつついちいち陽気な声を出すうちに怒りも消えていった。

一足先に資料配りを切り上げた桃太郎は、受付のメンバーに挨拶して堂々と机の裏から鞄を取り、トイレに向かった。この際、着替えに楽屋を使えないのは寂しかったが、通路の途中のガラス越しに平中央公園が燦々と煌めいて見え、桃太郎は見納めの甘美な景色に思わずほほえんだ。

トイレで紺色の警備員服に着替え、鉢巻も外して帽子を被る。腹に巻いたダイナマイトが些か苦しいのだが、その苦しさがむしろ心地よく感じられる。思えば桃太郎の根底に潜む最大のユーウツは、この異様なほど健康な体じたいではなく、そんな体にもかかわらず歴代の桃太郎が概して短命なことだ。室町後期からで三十代、というのは普通の家では多すぎる。いつしか佐藤桃太郎のなかに、殺される不安のようなものが芽生えていた。第二指令が待ちきれずに自死した場合もあるのかもしれないが、実際には指令に従わずに殺されるケースもあったのではないか……。唯一、お爺さんと呼べる年まで生きたのは平河内桃太郎だが、東京帝大の教授をしながら『桃太郎の秘密』をまとめ、出来上がってほどなく鉄道事故で死んでいる。もしかすると国は、『桃太郎の秘密』の完成を待って、それから指令に従わない平河内を事故に見せかけて殺したのではないか……。

いずれにしても桃太郎は、第二指令に忠実に従おうというのだからもはや殺される心配はない。殺される不安やユーウツに比べれば、自分で死ぬことなどちっともユーウツではなかった。

目深に帽子を被った警備員姿の桃太郎は、予定通り西側の舞台の袖に行き、薄闇のなかに佇んだままその時を待った。


開演時間恰度《ちょうど》に到着予定の小森元総理は、三人の付き添いと共に来ることになっている。三人はSPではなく銀行幹部というのが不思議だが、付き添いはいずれも最前列に背広姿で坐る予定である。最前列はすべて関係者で固め、両袖に若者を何人か配置する、それが執行部の計画だが、若者に武道の心得があるわけでもなく、そんなものは恐るるに足りない。

桃太郎の数メートル先に颯爽と現れた小森氏は、袖に立つ数人の人々に片手を上げて挨拶し、直立不動のまま「開会の言葉」を聞いてから舞台に出て行った。ライトグレーのスーツが照明によく映え、予想通り絶大な拍手である。

「日本の歩むべき道」と題した講演は、力強い話しぶりだった。君子の在り方を説いた『論語』の言葉、「過ちては則ち改むるに憚ること勿れ」を引き、総理時代には推進した原発政策だが、今こそ改めるべきだというのである。フィンランドやドイツ視察の様子も交え、結局この国では処分できない核廃棄物を、これ以上増やすことは将来への禍根どころか罪だと言う。以前はモンゴルの原野に埋めてもらうという意見まであったと正直に明かし、そんなことをすればとんでもない「国際犯罪」だったと断じた。

原発事故を経験した福島の聴衆には、いちいち頷ける話なのだろう。桃太郎のいる場所まで、聴衆の静かな熱気のようなものが伝わってきた。ときどき「そうだ！」と威勢のいい間《あい》の手も入った。スポットライトを受けた白髪が煌めき、身振り手振りを交えながら短い文章を小気味よく重ねていく。場内の空気がその熱気に染まり、一つの圧力のようなものを産みだしていく。

そのとき突然、拳銃のような破裂音が響いた。齋藤の予定通りの行動だが、靴の内部に似たアリオス大ホールでは、クラッカーの音もやけに大きく響くのだ。すぐに悲鳴とざわめきが起こり、続けてもう一発鳴った。予定通り中村が東側中央の扉を開けて現れ、警備員の服装で駆け寄るはずだ。問題はそこで齋藤がどの程度抵抗するかだが、無抵抗では聴衆の注意がすぐに離れてしまう。かといって抵抗しすぎると、本物の警備員全員が急いで駆けつけてしまう。袖で緞帳の隙間から覗くと、齋藤は打ち合わせどおり片腕を摑まれ、すぐに中村扮する警備員にドア近くまで連れていかれたが、ドアの直前で地団駄を踏んでみせた。再び聴衆の視線がそこに集中し、両袖に控えた人々も動き出した。

桃太郎は壇上に立ち尽くした小森氏に向き直り、右脇腹から少しだけ垂れた導火線に今だとばかりライターで火を点けた。そしてすぐに舞台の袖から数歩跳びだし、鄭重な手振りで袖に一旦引くよう招いた。正面を睨んでいた小森氏は振り向いて厳しい顔のまま頷き、西出口付近に何度か目をやりながらこちらに近づいてくる。そうそう、それでいい。あと十秒でラクになれる。

桃太郎は近づいてくる小森元総理を見つめながら、ふいにこの人も、殺される不安を感じるべきだろうと思った。いや、言葉でそう思ったというより、走馬灯のように過去の不安でユーウツだった自分の姿が現れ、まるでそれが小森氏に転写できるような気がしたのである。

その気配を感じたかのように、小森氏が立ち止まって桃太郎を睨んだ。もしかすると無煙とはいえ、導火線の燃える音か匂いを感じたのか……。小森氏は後ずさり、そして駆けだした。桃太郎もすぐに駆けだし、小森氏の両肩を外側から羽交い絞めにした。最前列の関係者がみな立ち上がり、動きだしたが、もう間に合うはずはない。警備員二人が走ってくるのも見えたが、桃太郎は明るいスポットライトを浴びて更に強く小森氏の両肘を締め付けた。

小森氏の気合いとも思える甲高い声がアリオスに響き、ばたつく足は桃太郎の足を踏み、脹《ふく》脛《はぎ》を蹴った。しかし桃太郎はゆるがない。「吾が道は一《いつ》以て之を貫く」。脳裏に『論語』の一節が浮かんだ。熱い導火線の火が腰から脇腹までを焼いていく……。

もはやユーウツの欠片もない。それは指令への「忠義」でもあり、自らの「信」だとも思えた。今の桃太郎には、西出口からもつれるように出ていった齋藤と中村、そして車で待機する加藤の無事を祈る余裕さえあった。

鬼は暴れやまず、それゆえ桃太郎も迷いなく締め付ける。

ポマードの匂いを嗅ぎながら、ふとこの人が本当に鬼なのか、じつは本当の鬼はこの指令を出している当人ではないかと疑いが頭を掠めた。しかしもう遅い。それはもはやどうでもいいことだった。小森氏の白髪が急に桃太郎の顔を覆い、今度は猛烈に強く足を踏まれた。いつのまにか数人の男達が皎々《こうこう》たる舞台に上がり、どこから来たのか数人の警官も舞台に駆け寄っていた。被害者が増えることは桃太郎の本意ではなかったが、仕方のないことだった。

冬の青空のように透きとおった桃太郎の心には、自分が全身で抱きしめている小森氏への一方的な好意が澎湃《ほうはい》として起こりつつあった。……五、四、三、……桃太郎は死なないという言葉の意味が、なんとなくわかったような気がした。……二、一、……。

あとがき

ここ数年、じつにさまざまなことが起こった。

誰もが知っている事柄だけでも、新型コロナウイルスによるパンデミックがあり、ウクライナを戦場とした戦争が始まり、また東日本大震災後に避難した人々の「仮の」暮らしが続く一方で、処理水の問題が物議を醸している。当然、安倍元総理や岸田総理を狙ったテロを大事件として挙げる人もいるだろう。

そしてこの文章を書くあいだにも、激しすぎる雨が降り、止んだと思ったら猛暑が再来。また昨日は朝五時半すぎから一時間あまり雷が鳴りつづけ、私は初めて天気そのものに恐怖を感じた。強風も吹き、町では倒木が五件あったらしいが、猛暑と入り混じるこれほどの荒天はさすがにかつて経験のないものだ。

ノーベル化学賞を受賞したパウル・クルッツェンは、地質学的に見て地球は新たな時代に突入したと言い、「人新世《ひとしんせい》」(Anthropocene)と名づけた。人間の活動が地球を覆い尽くし、そのままでは自然が回復できない時代の幕開けである。そうした人類共通の危機を認識するなら、人々はもっと団結し、それゆえの安らかさを享受していてもよさそうだが、「人新世」の人類が昔より賢明になった形跡はない。全体として状況が更に悪化すると予測しつつも、それぞれの覇権と利権を追うことをやめられないのだ。

ここに収録した六つの作品は、およそ九年に亘り、そのような時代を背景にして書かれた。ついでに個人的なことも申し上げれば、その間に私は父と母を見送り、また私自身二度の入院手術を経験した。そんな背景など、作品そのものには関係ないと言われそうだが、そうでもない。それぞれの文芸誌の需《もと》めに応じ、分量もまちまちな六作だが、通読するとその時々に感じていた空気と、その底に潜む微かな希望の形が見え隠れする。

ここでは蛇足ながら、六作についての現在の心象を書き留めておきたい。

「セロファン」は、それこそ私の僧侶としての日常からの呟きと言っていい。主人公の女の子のように、「セロファン」については本気で「なくなれば」と思うこともあるが、多彩な経験のうちにやがて叫びは封印されていく。しかし葬儀業界の諸氏には是非とも真剣に代替案や対応策を考えてみてほしい。

「聖夜」では、震災から五年という半端な環境が深海のように福島県民を包む。客のいない日帰り温泉でたまたま聖夜と知り、イエスに思いを馳せる住職夫妻だが、彼らが求めるのはむしろちんどん屋……。神に讃美者が必要だったように。

「火男おどり」は百万円のお賽銭をめぐるちょっと異様な話。これも震災による避難の常態化、そしてコロナ禍による接触忌避の孤独な時がなければ生まれなかったに違いない。孤独を一時的にでも解消する贅沢な手立てを見取っていただければと思う。ただ物語終焉のあとには、更に深い孤独が待っている気配も……。

思えば作品は配列順に異様さを増していく。「うんたらかんまん」はもとより主人公の父が間違えて覚えた呪文《じゅもん》だ。ここでは人間、とりわけ男のなかに潜む覇権への欲望、修羅の気配を、一つの事件に関わる男二人の出遭いのなかで書いてみたいと思った。そして不思議なのは、書き終えて掲載されるとまもなく、ロシアによるウクライナ侵攻が始まったのである。私は奇しくも時代とのシンクロを感じた。

長年気になっていた山中の寺での一家惨殺事件だが、毎年冬になると悪夢のように憶いだす。しかしそれが臨界点を超えて形をとりはじめたのは、やはり米中の覇権争いや北朝鮮のミサイル発射などと無関係ではないだろう。そして国どうしで争う覇権に近似した欲望は、間違いなく個人の心中にも潜んでいる。ここで用いた修験道や密教の思考は、人間の煩悩の構造を明らかに見せつつ同時に救いをも示す。そういうものだと私は考えている。

「繭の家」も異様な近未来の物語だ。しかし近未来とは、「今」に潜む微かな気配の拡張だろう。「独り暮らし基本法」の下、国に直接管理されるヒトはいかにして命の交流を保つのか。博打のように求められるアニマだが、成否は予測不能である。むろんこんな世界になってほしくはないが、他人と会話できない子供の増加は明らかにそれを予感させる。

標題作「桃太郎のユーウツ」は、輪廻による蓄積のなかで、「ユーウツ」が遂に爆発する瞬間までの物語である。標題作に選んだのは、おそらくこのタイトルが最も現代を映していると思えたからだろう。

元総理がテロに遭うこの話は、今となればどうしたって山上徹也被告人による安倍元総理射撃事件を想起させる。ユーウツなどという悠長な表現は不謹慎とさえ思えるだろう。しかしどんな大事件も元を辿れば個人的あるいは社会的ユーウツに行き着くのではないか。放置されて積み重なり、増殖しつづけたユーウツこそが、やがて諸刃の剣として自殺や無差別殺人なども引き起こすのではないだろうか。

ここでは、桃太郎という周知のキャラを設定することで、ユーウツの根本解明よりも鬱積から爆発へ向かう行動を中心に描写した。まさに猿、鳥（雉）、犬との連携による見事なテロである。

おそらく読者諸氏のなかには、もっともっと原因不明で対処法もわからないユーウツが巣くっているに違いない。桃太郎であるがゆえに迷わずに済む局面でも、あなたは迷いに迷い、そしてきっとテロは起こさないだろう。しかし激変する「人新世」に暮らす以上、我々がユーウツであることは避けられないのではないか。禅僧としてはともかく、作家としての私は今ますますそう思うのである。

この作品を書いたのは二〇一六年、日本ではまだ微かなテロの予兆だけが感じられた時代だ。しかし今や鬱積したユーウツがいつどこで爆発してもおかしくない。ユーウツとは最も遠く離れていそうな桃太郎までがユーウツな時代なのである。

お見苦しい「あとがき」を書いてしまった。私が今更どう申し上げようと、六つの作品は読者諸氏が読まれるとおりのものだ。私としては、川が支流に分かれ、再び統合して大河になるように、大きなユーウツと微かな希望を感じていただければ嬉しい。怒濤のポリフォニーにまとまりを与えるのは読者自身の耳音響《じおんきよう》放射である。

ともあれ、こうした長期に亘る細々とした制作に目を向けてくださった編集の矢坂美紀子さんには格別の感謝を捧げたい。おかげでアブナイ標題作を含む奇矯な作品集を上梓することができた。

願わくは外にも内にも鬼が跋扈《ばつこ》するこの時代、桃太郎のように簡単には鬼と同定せず、ユーウツでも元気に平穏に日々をお過ごしいただきたいと、切に願う。作品には関係なく、今度は僧侶としての私がそう思うのである。

令和五年八月盂蘭《うら》盆会《ぼんえ》のまえに

玄侑宗久　謹記

初出誌　＊書籍化にあたって加筆訂正いたしました。

セロファン　「すばる」　二〇一五年一月号
聖夜　「すばる」　二〇一六年四月号
火男おどり　「すばる」　二〇二一年四月号
うんたらかんまん　「三田文學」　二〇二二年冬季号
繭の家　「小説トリッパー」　二〇二三年春季号
桃太郎のユーウツ　「文學界」　二〇一六年四月号

玄侑宗久（げんゆう・そうきゅう）
一九五六年福島県三春町生まれ。慶應義塾大学中国文学科卒業。さまざまな仕事を体験後、京都天龍寺専門道場に入門。現在は臨済宗妙心寺派福聚寺住職。二〇〇一年『中陰の花』で芥川賞。二〇一四年、震災に見舞われた人びとの姿と心情を描いた『光の山』で芸術選奨文部科学大臣賞受賞。作品に『阿修羅』『四雁川流景』『荘子と遊ぶ――禅的思考の源流へ』『無常という力――「方丈記」に学ぶ心の在り方』『新版　さすらいの仏教語』『やがて死ぬけしき――現代日本における死に方・生き方　増補版』ほか多数。
二〇〇七年、柳澤桂子氏との往復書簡「般若心経　いのちの対話」で文藝春秋読者賞、二〇〇九年、妙心寺派宗門文化章、二〇一二年、仏教伝道文化賞、沼田奨励賞受賞。

桃《もも》太郎《たろう》のユーウツ

二〇二三年一二月三〇日　第一刷発行

著　者　玄《げん》侑《ゆう》宗久《そうきゅう》

発行者　宇都宮健太朗

発行所　朝日新聞出版

〒一〇四-八〇一一　東京都中央区築地五-三-二

電話　〇三-五五四一-八八三二（編集）

〇三-五五四〇-七七九三（販売）

印刷所　中央精版印刷株式会社

ISBN978-4-02-251950-4

定価はカバーに表示してあります。

落丁・乱丁の場合は弊社業務部（電話〇三-五五四〇-七八〇〇）へご連絡ください。

送料弊社負担にてお取り替えいたします。